# MAURICE TALMEYR

LES

# GENS POURRIS

AVEC UNE PRÉFACE DE

## RENÉ MAIZEROY

PARIS

E. DENTU, ÉDITEUR

LIBRAIRE DE LA SOCIÉTÉ DES GENS DE LETTRES

PALAIS-ROYAL, 15-17-19, GALERIE D'ORLÉANS

—

1886

# LES GENS POURRIS

Ouvrages de MAURICE TALMEYR

———

*LE GRISOU.*

*MADAME ALPHONSE.*

### SOUS PRESSE :

*HISTOIRES JOYEUSES ET FUNÈBRES* (Monnier, de Brunhoff et C⁰).

*VIERGE SAGE* (Librairie de la Presse).

———

C'est le livre de l'année enfuie que ce pamphlet, tour à tour fantaisiste, mordant, cruel, gouailleur et, par instants, pareil à quelque Evangile noir, dont les grandes orgues rythment solennellement les versets.

Il soulève des colères d'un bout à l'autre de la vieille ville jouisseuse, car il crache aux faux-nez des masques, et remue à pleines pelletées l'épaisse et gluante boue où nous nous vautrons, où s'enlisera à la fin cette société malade qui n'a plus de forces et plus de rêves.

*Il sent la décadence, lui aussi. Il reflète fidèlement, comme un miroir d'acier, le carnaval qui dégringole par les avenues et les boulevards, qui farandole de maison en maison jusque dans les turnes diffamées des meurt-de-faim.*

*Ohé! Paris! Ohé! la gaîté!*

*A la chienlit, les fantoches qui mènent le branle; les bons couturiers auxquels vous servez de chair à facture, pauvres petits Froufrous, et qui n'ont même pas la reconnaissance du ventre; les politiquailleurs odieux qui ont joué des coudes dans l'apothéose ratée du grand poète et engoncé le mort auguste dans une ridicule défroque de sénateur!*

*A la chienlit, les clowns et les drôlesses, les statues aux socles vermoulus, les galantins surannés que les vieilles-gardes honorent de leur estime; les prêtres qui vendent la religion comme une marchandise frelatée; les pirates* faméliques qui écument les lettres comme un golfe sillonné de galions ; les charlatans heureux que la foule badaude révère comme des idoles bouddhiques !

Et je l'aime cette œuvre de bataille qui fleure la poudre, qui vibre de sensations vécues, qui est écrite toute de verve comme des notes prises au jour le jour des étapes d'une campagne, avec d'enthousiastes admirations, des haines entêtées, des tendresses et des mépris.

Elle cingle, et frappera juste dans la cible.

Je l'aime et je suis heureux de lui donner le baptême du feu, de pouvoir, en ces quelques phrases hâtivement griffonnées, dire toute l'estime que j'ai pour le talent si personnel et si moderne du romancier qui nous a déjà décrit d'une plume de feu les souffrances des mineurs ensevelis dans les arcanes de la Terre, et qui, maintenant, avec une ironie à la Paul-

*Louis, s'attaque aux vices et aux gloires de Paris.*

*Bravo donc, mon camarade, et bonne chance à ton livre qui sonnera la diane aux défaillants et aux artistes raffinés qui, malgré tout, aiment leur fin de siècle comme une maîtresse blonde dont les baisers et l'odeur demeurent inoubliables aux sens et au cœur!*

Paris, le 3 février 1886.

### RENÉ MAIZEROY.

# LES GENS POURRIS

## LA NÉVROSE MUSICALE

A *Edmond Hippeau.*

Trop de musique !...

Si quelque chroniqueur du Danube s'avi-
sait, aujourd'hui, de crier qu'on pervertit par
trop la nature, et qu'il serait temps d'en
revenir au simple amour, au lait pur, au
vin de vigne, à l'étain et à la faïence, entendez-vous, d'ici, le rire qui l'accueillerait?
Jugez-vous des exclamations, des haros ! Il
serait peut-être encore plus dangereux pour
lui de s'en prendre à la frénésie musicale qui

1

pousse et emporte, comme dans un rut im-
puissant et maladif, les dernières générations,
les générations de vieillesse, de ce siècle
épuisé et désillusionné. Ici, ce ne seraient
pas des rires qui répondraient, ce seraient
des grincements! Ce ne seraient pas des
exclamations, ce seraient des rugissements!
La musique, dernièrement, a amené des
carnages sous les fenêtres de M^me Nilsson!
Elle changeait, jadis, les tigres en moutons;
elle change, aujourd'hui, les moutons en
tigres.

*\*
\* \*

J'ai souvent assisté aux concerts de M. Colonne.

M. Colonne est un grand artiste; sa baguette de chef d'orchestre est une baguette
magique. Oh! qui que vous soyez, si vos
nerfs ont le perfectionnement morbide de la
sensitivité moderne, si vous aimez les voyages

qu'on fait accoudé au rebord de sa loge, et
auprès desquels le tour du monde n'est même
pas une promenade dans un jardin, cette
musiue, peu à peu, prenez-y garde, cette
musique vous caressera, vous enveloppera,
et vous emportera !

Écoutez bien ces tumultes haletants qui
rappellent la mer secouant ses galets, comme
certaines essences stupéfiantes rappellent les
herbes saines des forêts. C'est du Beethoven.
Et ces gouttelettes de pluie sonore dont une
femme aux bras nus vous agace délicieuse-
ment l'ouïe, en faisant courir la poste à ses
doigts sur la mâchoire de cette bête effrayante
qu'on appelle un piano à queue ! C'est du Mo-
zart. Et ce cor lointain qui chante, doux, infini, presque silencieux tant il est mystérieux, dans la perspective des gazouillements
et des murmures, ce cor au chant duquel
vient rire à votre esprit on ne sait quelle las-
cive apparition. Écoutez, regardez ! L'apparition sourit en des modulations troublantes,
comme une danseuse de ballet en des poses
qui vous provoquent. Elle se montre, elle se

détaille, elle se dérobe, elle se dévoile, et la
mélodie, par moments, semble avoir un doigt
sur la bouche, comme pour vous souffler
tout bas : « Ne dites pas que vous avez vu ! »
Quel est ce cor qui chante au fond des har-
monies profondes? C'est du Massenet. Quelle
est cette langue prodigieuse qui se prête à
toutes les pensées, à tous les rêves, qui se
livre différemment, comme elles le veulent, à
toutes les fantaisies, à toutes les hystéries, à
tous les vices, à toutes les névroses, qui
exprime tout, dit tout, ne se refuse à rien,
et vous tue lentement sous les délices? Quel
est ce Verbe prostitué ! C'est la Musique !

Depuis le matin, le directeur du théâtre a
mis ses placeurs de billets en campagne. On
en offre partout, on en donne à qui veut en
prendre. Mais on en vend peu, on en prend
guère, la location est maigre, et le soir, la

salle, à moitié vide, serait un désert sans les entrées de faveur...

La raison?

Le théâtre donne un excellent drame littéraire.

Le dimanche suivant, dès une heure, les abords du théâtre sont encombrés; les couloirs sont bondés, les guichets assiégés, les fauteuils, les stalles, les loges, les places chères et les petites places se remplissent bien avant la représentation. La salle, la plus vaste de tout Paris, regorge de monde. On s'est pressé, bousculé, on n'a pas même achevé de déjeuner, afin d'être là au premier coup d'archet, au premier signal...

Pourquoi?

Le théâtre donne un concert.

L'auditoire? Il est effrayant. Ce n'est pas l'auditoire d'un théâtre, c'est l'auditoire de l'Armée du Salut, un auditoire de sectaires! D'abord, un recueillement de chapelle, beaucoup de figures inintelligentes, de cette inintelligence particulière aux têtes qui suivent les retraites de l'Avent et du Carême; beau-

coup de faces plombées, de regards éteints,
d'êtres qui attendent la chaleur, la lumière et
la vie.

Mais un bourdonnement de timbale roule
à l'orchestre, et les cous se tendent, les dos
se calent. Des lueurs méchantes passent dans
les yeux des initiés, si par hasard quelqu'un
se mouche. Voici les mystères d'Isis ! Et, en
effet, à ces trémolos, à ces vastes ondes
d'harmonie qui s'élèvent et qui s'écroulent
à ces petits rythmes chatouillants, à ces
accords exaspérés, à ces cascades, à ces
fioritures de harpes qui s'égrènent en chœurs
d'oiseaux dans le murmure silvestre des vio-
lons, les regards éteints s'allument, les visages
morts s'animent, le sang monte aux joues,
l'émotion monte aux narines. Que voient-ils
donc? Que sentent-ils donc? Quel paradis
leur ouvrent ces adagios, ces crescendos, ces
furiosos, ces pizzicatos, toute la gamme de la
fustigation musicale! On ne sait, mais la
salle vibre, tressaille, se soulève par instants
en des ricanements de félicité, expire, soupire, raffole, dans cette atmosphère d'hallu-

cination où trois mille visions différentes planent sur trois mille spectateurs ivres.

Il n'y a plus de religion, mais la Musique est devenue une religion. La Religion, d'ailleurs, n'était-elle pas la musique de l'âme? Nous n'avons plus d'âme, et nous ne croyons plus aux mythes! Non! mais nous avons toujours des oreilles, et nous nous sommes mis à croire aux motifs. Le mystère dans les sons a remplacé le mystère dans les idées. Le « vague à l'âme » a disparu? Le « vague au tympan » lui a succédé. Aussi, le budget de la musique est presque devenu un budget des cultes. On va le dimanche au concert comme on allait à l'office ; on s'y plonge dans les mêmes rêvasseries, dans les mêmes extases, dans les mêmes jouissances brumeuses. Un éternuement au milieu d'une cavatine y scandalise comme au milieu d'une communion générale.

Ah! la Musique! Elle excuse tout, elle idéalise tout, elle fait tout admettre, tout passer! la Musique, aujourd'hui, joue le rôle autrefois joué par le latin, elle brave l'honnêteté. Mettez Lesbos en musique et on le chantera en chœur dans les pensionnats, comme on explique sans broncher, dans les collèges, l'histoire du bel Alexis et du beau Corydon. Des mères pieuses, et qui croiraient damner leurs filles, si elles leur permettaient jamais de lire ʿle mot « amour » dans nos poètes, les encouragent à en faire tinter les lustres, dès l'instant qu'on le hurle dans des récitatifs hystériques.

Une cantatrice peut mener une existence de colombine, pêle-mêle avec une infinité de polichinelles; tout lui sera pardonné parce qu'elle aura tout chanté. On ne reçoit pas l'actrice qui dit, mais on reçoit l'actrice qui chante. Les arpèges purifient tout. Soyez Messaline, soyez Lucrèce Borgia, soyez Sapho, mais vocalisez! Encore une fois, vocalisez! Tout le faubourg Saint-Germain vous ouvrira ses portes. Vous ne vocalisez pas?

Vous êtes Gothon. Vous vocalisez? Vous êtes la Sainte-Vierge!

J'ai connu une vieille cantatrice qui avait calciné son balai dans tous les sabbats. Elle épousa, vers la soixantaine, un prince beau comme le jour, et riche comme un roi. Puis, avec cette fortune, elle se mit à entretenir, un peu partout, de jeunes facteurs de pianos. Elle retrouvait chez eux ce qui était le perpétuel besoin de ses doigts décharnés par le vice et recroquevillés par le jeu, des claviers bien accordés d'où elle pouvait, dans toutes les circonstances de la vie, percer le plafond de ses roulades. Eh bien! le prince n'y vit jamais que des triples croches. Sa princesse lui semblait belle, fraîche, jeune, chaste, à travers les barcaroles. Les dièzes effaçaient les rides, les bémols lui parfumaient l'haleine, et la lenteur des andantes la lui faisait paraître angélique.

Une cantatrice est une personne sacrée. Ne touchez pas à la Reine! Ne touchez pas à la Musique! Les Chambres finiront par voter aux chanteuses des hommages d'Etat. Un

1.

jour viendra où il suffira à une femme d'a-
voir bien frétillé de la luette pour jouir
d'une retraite refusée aux grands hommes
et aux héros !

*<br>* *

Est-elle assez complète, la névrose musicale ! Cerveaux vides, affolés de vent, bal-
lonnés de rêvasseries que nous sommes !
N'aurions-nous pas plutôt besoin de nous
assimiler, à l'audition des bons prosateurs et
des bons poètes, un peu de sang, un peu de
moelle et un peu de fer !

Cinquante millions pour construire l'O-
péra ! Deux millions cinq cent mille francs
représentés par la rente de ce capital insensé !
Huit cent mille francs de subvention jetés
par-dessus le marché, chaque année, dans
ce même gouffre de l'Opéra ! Et subvention
à l'Opéra-Comique ! Et subventions à d'autres petits opéras sans conséquence ! Et les

salles de musique toujours pleines, bondées
grouillantes, regorgeantes !

La musique, prise à cette dose, ce n'est
plus de la musique, c'est de l'alcoolisme !
L'alcoolisme précédant le délire final ! Nos
aînés ont vu, jadis, au Café de la Régence,
Alfred de Musset finir devant son flacon
d'absinthe. Ceux-là doivent se souvenir de
ce grand poète, en voyant ce grand siècle
finir devant son flacon de musique !

# TOUJOURS JEUNES!

---

Aimez-vous les gens toujours jeunes ?
Non ? Vous avez raison.,.

Il faut rendre une justice aux vieillards
d'aujourd'hui, ils luttent désespérément contre la vieillesse. On ne rencontre plus que
des hommes de soixante-dix ans qui s'en
croient trente, et des femmes de soixante
ans qui s'en croient vingt-cinq

Dans les salons, les galanteries s'échan-
gent entre des figures au sourire immobilisé
par les exigences du maquillage et du râtelier. On ne voit, se penchant sur les épaules

fraîches, que des têtes blanches, chauves ou
teintes, qui se sont toutes plaquées une
expression comme on se plaque un masque,
et gardant chacune, toute la soirée, le
même plissement persuasif des yeux, le
même éblouissement dans le sourcil, ou la
même ironie victorieuse dans la moustache.
A chaque pas, dans les rues, les tournures
ont vingt ans de moins que les visages. Les
grand'mères se mettent des agréments sur la
croupe, les grands-pères se mettent le chapeau sur l'oreille. Ah oui ! ils luttent contre
la vieillesse, les vieux ! Les mères coupent
l'herbe sous le pied de leurs filles, les pères
coupent l'herbe sous le pied de leurs fils. Il y
a de vieux écrivains, de vieux journalistes,
qui ne parlent jamais que de courtisanes ; ils
ne font plus d'articles, ils ne font plus de
livres que sur les courtisanes ! Ils vous
attirent dans les embrasures des fenêtres,
tout tordus par les remords de leur moelle
épinière, pour vous faire, en phrases sub-
tiles, l'éloge du marquis de Sade. Les vieux
nous ont assez souvent répété : « il n'y a plus

d'enfants », pour que nous leur disions à
notre tour : « il n'y a plus de parents ! »

Je n'aime pas « l'éternel jeune homme ! »
Je n'aime pas « l'éternelle jeune femme ! »
Les yeux brillants ne sont pas beaux, quand
la sénilité les mouille, quand la cornée en est
devenue sanguinolente, sous l'alanguisse-
ment des paupières. Quand tu dis à une fille
qu'elle est jolie, ta salive coule sur ta rosette,
mon général ! Les caresses sont affreuses
quand les mains tremblent, les baisers sont
hideux quand les dents remuent.

*
* *

Dans quel cercle de l'Enfer, docteur Vigouroux, ton âme sautille-t-elle à cette heure,
crapaud des boues de l'autre monde?

Le docteur Vigouroux , bourgeois de
Langogne, appartenait à cette forte génération de 1830, qui nous a donné de si belles
barbes blanches et tant d'éternels jeunes

gens. C'était, dans son bourg, un homme respecté, un homme influent, ayant de très anciennes et très nombreuses relations. Lié avec des députés, des sénateurs, il pouvait, à l'occasion, vous apostiller une demande. Il était, en un mot, une de ces autorités de province que tout le monde salue dans leur canton, une de ces notabilités qui ont le bras long, à qui les paysans apportent une poule, toutes les Saint-Martin, et qui finissent maire dans leur pays. Lui, cependant, le docteur Vigouroux, il ne devait pas finir maire, il ne devait finir que juge de paix...

Il ne mariait pas, il conciliait.

Mais, surtout, avant tout, M. Vigouroux était un « éternel jeune homme » !

*\*
\*

M. Vigouroux mènait à Langogne trois existences très différentes.

Dans son cabinet de médecin, il auscultait,

tâtait le pouls ; il conseillait des régimes et
prescrivait les traitements. Il regardait le
client, là, bien dans le blanc des yeux :
« Voyons, qu'est-ce que nous avons?... »
Puis il écoutait attentivement le cœur, inter-
rogeait le foie, les poumons, les coupe-roses
du teint, la langue. « Bah ! c'est rien ! » Et il
souriait d'un sourire à la Rabelais. Il tapotait
sur les joues des enfants avec une onction de
curé ; il serrait les mains des hommes avec
une énergie de vieux lutteur ; il faisait aux
jeunes gens : « Ah ! ah ! est-elle jolie? » Il
coulait aux femmes un vieux regard humide,
incendiaire et persuasif. Docteur par ci, docteur par là ! Bonjour, docteur ! Bonsoir, docteur ! Cher docteur !... Salut et fraternité,
mon cher concitoyen !

Mais M. Vigouroux n'était pas seulement
médecin... Il était aussi juge de paix, et il
montrait à l'audience une intégrité qui vous
donnait froid dans le dos.

Quand il entrait dans la petite salle, suivi
de son greffier, ou se levait comme pour
le pape. Les paysans, dans leur blouse em-

pesée, dans leur grand col bis, le regardaient
avec éblouissement. Devant lui, on balbutiait
on tremblait, on expliquait tout confus sa
petite affaire, on cherchait avec anxiété dans
ses yeux si on avait tort ou raison. Lui, il avait
une moue qui daignait écouter, qui opinait,
qui jugeait, et vous mettait la mort ou la vie
dans l'âme. Si l'affaire l'ennuyait, il vous
expédiait sans phrases. L'amusait--elle ? Il
vous tenait une heure sur la sellette et se
la détaillait à lui-même. L'été, il retroussait
sa robe et entr'ouvrait sa culotte sous son
tribunal, afin d'avoir moins chaud dans son
autorité.

Chez lui, c'était autre chose.

Toujours jeune, monsieur Vigouroux !

Il avait une nièce de trente ans et il lui
faisait des enfants.

Hélas ! Au bout de neuf mois l'enfant venait
au monde. Chétif, rouge, ridé, repoussant
le jour avec les convulsions de ses petites
mains, pleurant de connaître la vie !

Il y avait, en effet, dans la maison, une
cave au charbon. Or, on le mettait dans cette

cave, le petit, on le jetait là, tout nu, dans
la houille froide, comme on l'eût enveloppé
dans la blancheur des langes; on lui donnait ce berceau, cette layette et cette nourrice!
Le lendemain, le surlendemain, trois jours,
quatre jours après, il était mort. Alors, on le
lavait de sa poussière noire comme on l'eût
lavé du sang de sa mère, on l'emballait dans
une valise, et l'oncle, en qualité de médecin, l'emportait. Il arrivait, muni de la sinistre malle, dans une ville voisine, déclarait
un enfant mort et signait sur les registres :

*Docteur Vigouroux, juge de paix de Lan-*
*gogne.*

Quelques semaines après, un soir, M. Vigouroux regardait encore sa nièce, et, quelques mois plus tard, la cave au charbon était
encore là.

Il voyagait encore, on recommencait encore...

La cave était toujours là.

Le chiffonnier Justice est passé trop tard à
Langogne... Il est venu, à la fin, muni du cro-
chet de la loi, fouiller dans ce tas d'épouvan-

vantables ordures. La nièce vivait toujours,
mais « l'éternel jeune homme » était mort de
vieillesse !

*
* *

Chaque année, quand le printemps revient,
tandis qu'il rend aux champs leurs nappes
vertes, et leurs feuillages aux forêts, il nous
ramène à Paris une singulière floraison.
Sous les arbres du boulevard, sous les om-
brages naissants du Bois, sur le sable frais
des squares, circulent les roquentins en joie,
vêtus de jaquettes jeunes, de pantalons vain-
queurs, de gilets triomphants. La femme de
cinquante ans se promène en toilette claire,
avec des primevères piquées dans son chapeau, sous une ombrelle rouge qui rose son
teint terreux. De vieilles dames sanglées,
bardées et radoubées, montrent leurs tailles
au soleil, et se font encore respirer aux passants.

Il pousse, dans ce mois de mai, où l'on renouvelle ses habits, et où l'on crie les lilas dans les rues, toute une végétation macabre de vieilles belles funèbres et d'horribles vieux beaux.

Toujours jeunes, les vieux de Paris!

Où sont les vieux qui ne sont plus toujours jeunes? Où sont les vieux qui ne cachent pas leurs rides, et dans les yeux desquels l'âge a remis l'innocence? Où sont les vieux qui ne demandent plus qu'à voir se marier les jeunes gens? Où sont les vieux qui sont des vieux, et qui s'appuient sur des bâtons?

# ET NOUS!

---

Madame Weldon triomphe!

Cette détrousseuse de la chicane, cette écumeuse de l'hospitalité voit son honneur estimé dix mille livres sterling, deux cent cinquante mille francs, dans le pays où tout s'estime en bank-notes! La voilà réhabilitée, lavée dans l'or lustral des dommages-intérêts! Elle sort de prison la tête haute, le cabas plein, et rentre saluée chez elle!...

Eh bien! réfléchissons...

La Weldon, d'ici Londres, nous paraît ce qu'elle est, une coquine. Êtes-vous sûr qu'il n'y ait pas chez nous des gens en vedette,

bien traités, honorés, et qui, vus de Londres,
de Rome ou de Berlin, ne paraissent pourtant que ce qu'ils sont, des coquins? En êtes-
vous bien sûrs? Parieriez-vous cent sous
contre dix livres qu'il n'existe pas en France
des personnages, hommes ou femmes, dont
la situation entre Toulon et Boulogne est la
stupéfaction du monde?

Nous connaissons, chez nous, tel ancien
demandeur, telle ancienne défenderesse, sortis triomphants, enrichis, de certaines aventures connues. N'a-t-on pas accueilli, à
Londres, et ailleurs, le dénouement de ces
procès avec les bras ballants et les yeux ronds
que nous avons eus nous-mêmes en appre-
nant le dénouement du procès Weldon?
Tous les chapeaux s'abattent, entre la Bastille et la Madeleine, devant telle personna-
lité, décorée ou non. Tous les hommages se
précipitent, entre dix heures et minuit, aux
pieds, grands ou petits, de telle personne
vieille ou jeune! Ignorez-vous qu'à Genève
ou à Bruxelles, si ces hommes pouvaient
encore oser s'y montrer, tous les chapeaux

resteraient soudés sur les crânes? Ignorez-vous que cette dame reçue partout, chez qui tous vont, et paraissant n'être connue de tous que pour ses excellentes relations avec tout ce que nous avons d'honorable, n'est connue, dans le reste du monde, que pour avoir empoisonné son mari?

Les deux cent cinquante mille francs de la Weldon ne font, en somme, qu'ajouter un chapitre à l'histoire des êtres méprisables qu'on honore. Cette histoire-là compte chez nous quelques volumes. L'opinion anglaise nous désarçonne, mais l'opinion française n'étourdit-elle pas certaines villes d'Amérique et d'Europe, où des gentilshommes, cités dans nos journaux comme le dessus de la gentilhommerie, sont cités comme le dessous du Code? Sans dépasser la frontière, que pense la petite localité de Y... de M$^{me}$ X..., mise à Paris au nombre des rosières du mariage? Que pensent même de cette notabilité, superficiellement vénérée, les glaces des cabarets et les voitures de la Compagnie?

Mais il ne faut rien dire! Taisons-nous. Le

2

tribunal anglais accorde à sa Weldon deux
cent cinquante mille francs de dommages et
intérêts, et nous accordons aux nôtres des
millions de respectabilité.

*<sub>*</sub>*

Un peintre a représenté Robert Macaire
bénissant le peuple français. A distance, nous
faisons peut-être cet effet-là. Nous nous prenons pour une République, mais les spectateurs éloignés nous prennent peut-être pour
une sarabande. Nous jugeons nos voisins! Ad-
mettons donc qu'ils nous jugent, et quand il
survient chez nous une de ces affaires où se
lit l'étiage des mœurs, écoutons ce que disent
de nous les autres, puisque nous voulons
qu'ils écoutent ce que nous disons d'eux.
Quand nous applaudissons, informons-nous

si on ne siffle pas. Quand nous crions hur-
rah ! demandons-nous si on ne crie pas haro !
Quand nous menons nos femmes et nos filles
dans une maison, tàchons de savoir si, par
hasard, les honnêtes gens de Rome ou de
Londres consentiraient à y laisser entrer
leurs domestiques.

Où est le romancier qui fera le roman de
l'affaire Weldon ? Où est le peintre des sen-
timents et des réalités qui nous le rendra
dans ses reliefs et dans ses dessous ? Cette
arrivée d'un artiste à l'étranger, dans une
grande ville froide et noire, dont il n'approche
qu'avec l'angoisse de s'y sentir méconnu,
puis tout à coup, dans ce pays sombre, ces
amis inattendus, ces sourires qui l'accueillent,
ces mains de femme qui vont à lui, ces voix
étrangères presque plus douces, maintenant,

que le souvenir de celles qui lui ont dit au
revoir là-bas, et ce feu, cette table, cette
chambre prête, cette maison pleine de lui,
cette maison à lui, ce petit coin d'admiration
où il s'attendrit, toute cette féerie soudaine
d'une hospitalité chaude et claire! Où est
l'écrivain qui nous la peindra telle qu'elle a
pu être, telle qu'elle paraîtrait, dès le premier
jour, à des yeux désintéressés? Qui nous la
peindra riante et sinistre, pareille à ces eaux
transparentes, au fond desquelles on croit
pouvoir mettre le pied, et qui sont des gouf-
fres? Qui nous rendra ces limpidités qui
mentent? Qui nous montrera un grand artiste
allant s'y noyer comme un enfant?

Mais qui fera de nous, aussi, la satire que
nous méritons? Car il faut rendre, après tout,
une justice à l'Angleterre. On a accordé à
M^me Weldon une indemnité scandaleuse, on
lui a restitué ses droits d'épouse, on a fait à
ce monstre un monstrueux triomphe judiciaire, on a mis une auréole de martyre à
cette dévorante, c'est vrai! Mais les Anglais,
au moins, n'en ont pas encore fait une reine,

ni une conseillère de la Reine. Toute la haute
société de Londres n'a pas encore dîné chez
elle, et les dépêches n'ont pas encore an-
noncé que les familles Gladstone et Disraëli
avaient pris le thé chez le vieux succube de
Gounod.

# MONSIEUR LE SÉNATEUR

---

Rue Labruyère.

— Toc! toc!

(On ne répond pas. Il est deux heures du matin.)

— Toc! toc! toc!

— Qui est là?

— Au nom de la loi, ouvrez!

— Inviolable! Retirez-vous!

Une odeur de cire à cacheter se répand aussitôt sur le palier, et soudain, comme le juge de paix, flanqué du commissaire de police, se disposait à mettre les scellés sur la porte, la porte s'ouvre.

Un vieillard en chemise apparaît aux magistrats.

Quel sera, en justice, et devant cette cour d'appel qu'on nomme l'opinion publique, le sort de ce sénateur surpris en bannière aux genoux d'une dame, son cœur dans une main, et sa médaille de législateur dans l'autre ? On l'ignore, mais il n'en faut pas moins entonner une fanfare en son honneur. Quand on coiffe quotidiennement la couronne de nénuphars, insignes constitutionnels des vénérables du Luxembourg, c'est quelque chose que d'avoir bien mérité de la rue Labruyère.

S'il s'agissait d'une de ces petites aventures dont les héros tremblants sont les premiers à se cacher, d'un de ces guilledoux furtifs comme il en traîne tous les soirs, il n'y aurait rien à dire, et rien à voir. Ce serait là une misère de plus dans la grande misère humaine. Mais c'est d'une passion qu'il s'agit ! Scènes de rupture, fuite du domicile conjugal, entretien en ville d'un ménage coupable, cohabitation affichée, idylles prohibées, fureurs d'amour !

Au milieu de la corruption banale et calculée de l'époque, dans la morbidesse et la perversité générales, on retrouve enfin cette bonne vieille chose du bon vieux temps, cette bergerie, cette berquinade, cette simplicité, cette ingénuité : un adultère !

Honneur au Sénat et gloire au sénateur !

Nos grands-pères du temps de la Restauration ont des petits rires de joie dans leurs fauteuils à roulettes ! Nos grand'mères du temps de Henri IV tressaillent de plaisir sous le gazon où elles dansaient jadis !..

Les mauvaises mœurs se relèvent !

Ah ! ce sénateur ! L'entendez-vous d'ici ? Un Werther de cinquante ans qui doit être du Midi ! Il a fait cette chose primitive, naïve, honnête, antique, cette chose que pas un seul député ne serait peut-être capable de faire : il a trompé sa femme avec éclat, avec majesté, toutes voiles dehors ! Il portait, il est vrai, un bonnet de coton, mais il le jetait, à certains moments, par-dessus la flèche du lit.

Où est-tu, « sein de la commission » ?

On récompensait autrefois, dans la plus vertueuse des villes, les jeunes Spartiates qui volaient leur déjeuner sans se faire prendre. Qu'on décore, désormais, les sénateurs pris en train de semer des bâtards.

Et la Jarretière ne leur suffira pas.

Qu'on leur donne la Toison d'or !

# CHARLOT S'ENNUIE

Tous les ans, quand l'été revient, quelque
Burgrave du Boulevard, tristement assis devant la mer, sur la terrasse d'un casino,
songe aux quarante ans de tapis vert et
d'habit noir qu'il a derrière lui, regarde le
grand ciel qui l'ennuie profondément, et
soupire : « On ne s'amuse plus ! »

On ne s'amuse plus ! Diable ! Et celui qui
exhale cette plainte ne peut plus tourner la
tète sans voir autour de lui, partout, collées
à toutes les murailles, sur toutes les vitres,
sur toutes les colonnes de l'établissement,
des affiches de toutes couleurs, toutes illus=

trées des plus folles images, et annonçant
toutes des divertissements satanés. Bals,
concerts, vaudevilles, opérettes, saltimban-
ques, écuyères, danseuses, plaisirs bruyants,
plaisirs doux, plaisirs dans tous les tons,
dans toutes les poses, dans tous les prix!

Si le Burgrave, encore, quittait une capi-
tale ennuyeuse, on comprendrait, à la rigueur, son exclamation. Le souvenir d'un
hiver sans gaîté pèserait sur lui. Mais Paris,
en toutes saisons, regorge de joies! Sous
ses lustres brûlants, sous ses feuillages
suants de poussière et pâles de gaz, il reten-
tit, toutes les nuits, de refrains auxquels
cinquante mille auditeurs s'esclafent tous à
la même heure, dans les cent quartiers des
vingt arrondissements! On ne voit plus, partout, que des femmes-canons, des hommes
électriques, des phoques qui font des confé-
rences, des éléphants qui vont en vélocipède,
des clowns qui se tordent, des danseuses de
corde sous les jupes desquelles les spectateurs, immobilisés, lèvent tous des têtes qui
ressemblent aux têtes de carpe des illustra-

tions de Granville ! On ne voit plus que des
hommes qui font les bêtes, et — quelle déchéance ! — des bêtes qui font les hommes ! Paris, Trouville et autres lieux frétillent de plaisir, rutilent d'exhibitions, hurlent d'ivresse,
flamboient d'orgie ! Les cloches de Notre-
Dame semblent ne plus sonner que pour des
sarabandes, les phares de la Manche ne sont
plus que des flambeaux de cabinets particu-
liers, et le Burgrave, cependant, de plus en
morose, mouillant, sans jouissance, de petites
gorgées de Porto, les bouffées de son cazadorès, et crispant son sourcil sur son
monocle, murmure toujours en regardant
l'espace, qui l'ennuie de plus en plus profondément :

— Décidément, on ne s'amuse plus !

Les artistes aussi s'ennuient, mais pour
des raisons à eux ! L'envahissement du sable
et des falaises par l'opulence et l'élégance
étrangères leur inspire des élégies. L'humanité parfumée a fini par leur gâter la nature
balsamique, l'eau de Lubin leur gâte l'eau
salée. Ils regrettent le temps où les petits

3

ports de la Manche étaient des villages où
on se promenait le soir avec une lanterne et
des sabots!

Ils ne sont vraiment pas dégoûtés, les artistes. Ils voudraient une plage où les journaux n'auraient pas donné d'opinion politique
aux pêcheurs, où les bonnetiers retirés n'auraient pas encore construits de maisons à cré-
neaux, où le flot ne rejetterait pas de faux-
chignons, où l'on ne serait pas exposé, le soir.
à entendre des escamoteurs et des monolo-
guistes, et où il n'y aurait, dans le grand air,
sous le grand ciel et devant la grande eau, que
des ailes de moulins, des chaumes, et la cloche
de la criée! Peste, chers confrères! Pourquoi
donc ne pas demander aussi un bon gouver-
nement? Voyez-vous Merlin et Viviane res-
suscitant, et se mettant à regretter, dans le
Paris d'aujourd'hui, le joli petit îlot de Lutèce auquel ils abordaient, il y a quelque
deux mille ans, et où ils ne distinguaient,
dans le brouillard et dans les aulnes, que des
cabanes d'où s'élevaient des fumées, et des
filets qui séchaient à l'aurore? Quel Etretat ce

devait être, cette fraîche et verte Lutèce,
qu'éclaire aujourd'hui Jablochkoff!

Mais pourquoi nous raco.itez-vous, confrères, comment on s'amusait au bord de la
mer, à l'époque où on s'y amusait encore?

Il fallait d'abord, dites-vous, qu'Offenbach
fût vivant. Tous savent, en effet, qu'un vent
d'exhilarance a tout à coup soufflé sur le
monde le jour où Offenbach y est venu, et
qu'une bise de spleen a subitement refroidi le
globe le jour où il a franchi, enseveli dans
son linceul de fourrure, le seuil d'une con-
cession à perpétuité. Il fallait, ensuite, pour
obtenir un peu de gaieté, qu'un romancier à
la mode se déguisât en Shah de Perse. Enfin,
pour arriver à passer sans bâillement une soirée entière, on organisait une représentation
de *Guillaume Tell* où Offenbach lui-même se
travestissait en Gessler, un autre en libérateur
de l'Helvétie, un autre encore en vieux cons-
pirateur, et un troisième en cicerone expli-
quant le tout. La fête se couronnait par un
ballet, dansé par un peintre et par un journaliste parisien...

Si, avec tout cela, on n'arrivait pas à t'oublier, ô Mer, toi, ton galet, tes grandes al-
gues, tes grandes écumes, et ta vaste haleine
salée, c'est qu'on était de son village, c'est
qu'on n'était pas de Paris !

*<br>* *

Ce qu'il y avait, toutefois, de plus remarquable à l'époque même où la France se
roulait dans les fous rires aux *pizzicati*
d'Offenbach, c'était encore, et toujours, le
vieux Burgrave du Boulevard, l'antique
vétéran du plaisir, lequel répétait déjà, mais
sans monocle et sans cazadorès, en épous-
setant simplement, de la main, les grains de
tabac tombés sur le pont-levis de sa culotte :

— On ne s'amuse plus, morbleu ! On ne
s'amuse plus !

Il est vrai que trente ans auparavant, au
temps même où le Burgrave ayant cessé
de rire sous Offenbach, remplissait de ses

soupers et de ses entrechats le règne de
Charles X, un troisième Burgrave, encore
plus ancien, et qui avait assisté, lui, par le
trou de la serrure, aux causeries de Marie-
Antoinette et de M^me de Lamballe, s'écriait,
lui aussi, brandissant sa canne de son grand
bras maigre, et secouant ses ailes de pigeon :

— Par la sambleu, on ne s'amuse plus en
France ! On ne s'amuse plus, par la sambleu !

\*
\*  \*

L'homme qui s'amuse, hélas! c'est l'homme
qui s'ennuie. Si vous voulez mesurer l'ennui
foncier, chronique, l'ennui constitutionnel
d'un peuple, lisez les journaux et regardez les
murailles. Si, dans les premiers, vous ne lisez
que folies, obscénités, abracadabrances ; si,
sur les secondes, vous voyez, affichés, des
rictus de pîtres en délire, et des croupes ten-
dues de danseuses grasses ; si tout ce qui a de

vingt à trente ans crie à tue-tête : on s'amuse !
si tout ce qui en a de cinquante à soixante
soupire : on ne s'amuse plus ! c'est que tous
s'ennuient, s'ennuieront toujours et se sont
toujours ennuyés !

L'ennui est un tœnia. On le nourrit quand
on est jeune et il vous dévore quand on est
vieux.

# CHAIR A FACTURES

*A Paul Ginisty.*

Une chose vieille comme le monde, et aussi bête qu'elle est vieille, c'est l'illusion où s'obstinent certains industriels. Ils se figurent que nous n'existons, et que nous ne devons exister que pour leur commerce. Quand nous entrons dans un magasin, d'après ces dévorants de la lingerie et de la confection, nous n'y entrons pas pour acquérir, si bon nous semble, des vêtements destinés à nous être utiles. Nous y entrons pour accomplir, vis-à-vis des habilleurs, notre destinée d'habillés. Quand nous entrons dans un restaurant, nous n'y entrons pas pour y

déjeuner ou pour y dîner. Non ! Le restau-
rateur a besoin de faire fortune en dix ans ;
il doit, dans ce but, faire payer ses côtelettes deux francs, ses œufs sur le plat trente
sous, et nous venons chez lui pour payer deux
francs ses côtelettes et trente sous ses œufs
sur le plat ! De même pour le coiffeur, de
même pour le bottier, de même pour le tapis-
sier ! Les coiffeurs, les bottiers et les tapissiers ne sont pas faits pour nous ; nous sommes faits pour les coiffeurs, les bottiers et les
tapissiers. Les animaux ont été créées pour
l'Homme, mais l'Homme, évidemment, a été
créé pour les fournisseurs. Et nous n'avons
de joues que pour les barbiers ! Et nous n'a-
vons de têtes que parce qu'il y a des chape-
liers ! Et nous n'habitons des maisons que
parce qu'il y a des architectes ! Et nous n'a-
vons soif, faim, froid l'hiver, chaud l'été, que
parce qu'il y a des marchands de vins, des
bouchers, des fumistes et des glaciers !

\*\*\*

Les mères, sous Napoléon I<sup>er</sup>, regardaient tristement leurs fils et se disaient :

« Pauvre petit, un jour tu partiras peut-être, comme ceux qui sont déjà partis! On te mettra un uniforme, un sac sur le dos, un fusil sur l'épaule... et tu ne reviendras peut-être pas! »

Aujourd'hui, la vision d'une mère a changé. Elle regarde sa fille couchée dans un berceau dont les fanfreluches ont amené le père chez le juge de paix, et elle se dit, tout en songeant aux petits bonnets du bébé, pour lesquels on a dû consigner des offres :

« Pauvre petite! Un jour, ta couturière te comptera cinq cents francs des robes qui pourront bien en valoir cent, et ta modiste te comptera cent francs des chapeaux qui vaudront peut-être cent sous. Et ce ne sera pas tout! Quelquefois, ces robes de cinq cents francs et ces chapeaux de cent francs ne

3.

t'iront pas, ils te fagoteront ! Alors, tu vou-
dras te plaindre, mais on ne te le permettra
pas! Tu n'auras pas le droit de te refuser à ce
qu'on te défigure. Tu n'auras qu'un seul
droit, celui de payer... Ah ! ma'petite, quand
tu seras grande, tâche surtout d'avoir de l'ordre, car tu peux être bien sûre d'une chose :
lorsque tu auras payé une fois ta facture, on
ne manquera pas, six mois, un an après, de te
la représenter une seconde fois, et même, ensuite, une troisième, ce qui te mettra dans le
cas, si tu perds tes acquits, de payer trois fois
la même note, et ce qui t'apprendra comment,
avec une cliente de peu de mémoire et de
peu d'ordre, un couturier ou une couturière
arrivent à faire payer trois fois mille francs,
c'est-à-dire trois fois mille francs dans toutes
les arithmétiques, une toilette qui, en elle-
même, en valait trois cents ! Si, avec cela,
les affaires ne vont pas en France ; si, par
exemple, ton mari étant propriétaire, tous
ses appartements sont à louer, et si, pendant
que les chapeaux de cent sous continuent à
se vendre cent francs, les maisons qui ont

coûté trois cent mille francs ne se vendent
plus que quatre-vingt mille, tu finiras, un
beau jour, rongée, mangée, dévorée par les
fournisseurs ! Tu n'auras plus pour linge que
de vieilles factures que tu ne pourras plus re-
payer, et qui te reviendront toujours ! »

Voilà ce que nous sommes !

Nous ne sommes pas au monde pour jouir
ou pour travailler, nous marier, aimer, souf-
frir, avoir une famille, des enfants, rire quelquefois, pleurer souvent, nous souvenir des
morts, penser aux vivants, et faire, au travers
de tout, le plus de bien possible, et le moins
de mal que nous pouvons ! Non, si le globe
terrestre a mis des milliers et des milliers de
siècles à se former, s'il a commencé par être
une boule de feu fluide, continué en étant
une sphère molle comme une tête de nou-

veau-né, et fini par être l'Europe, l'Afrique,
l'Asie, l'Océanie et l'Amérique, c'était qu'il
devait y avoir, un jour, des gens vendant des
robes, des chemises, des bas, des caleçons
et des pantalons! Il avait été décrété, de
toute éternité, qu'il y aurait, à cette époque, dite période couturière, des corps pour
ces robes et pour ces chemises, des mollets pour ces bas, et des jambes pour ces pantalons! Nous ne sommes ni des hommes, ni
des femmes, ni des nègres, ni des blancs, ni
des cuivrés! Nous sommes des clients! Clients
de tailleurs, clients d'épiciers, clients de
charbonniers, clients de vitriers! Toujours
clients, clients quand même! Nous sommes
l'engrais du commerce et de l'industrie! Le
guano avec lequel les chemisiers retirés font
pousser leurs géraniums et leurs petits pois!
La poudrette dont ils se servent pour forti-
fier leurs boutures! Le mortier avec lequel
ils se construisent des tours à crénaux dans
la banlieue! La France a été chair à canon,
elle est aujourd'hui chair à factures!

***

Si une entente et des communications sé-
rieuses étaient possibles entre dix millions de
clientes et de clients, nous nous proposerions
de dresser une liste de tous les fournisseurs
dont il y a sujet de se plaindre, et nous la
dresserions ainsi :

*A* désignerait les négociants qui, en l'espace de trois ans, vous représentent jusqu'à
trois fois la même facture, payée et bien
payée, espérant, chaque fois, que vous avez
perdu leurs reçus. *B* désignerait les commer-
çants qui ne vous représentent leurs notes
que deux fois, mais sans malice, comme
par négligence, et pour vous demander ai-
mablement de suppléer, par votre mémoire,
à la bonhomie un peu oublieuse de leur comp-
tabilité. *C*, enfin, désignerait ceux qui se
contentent de vous demander, une seule fois,
un louis de ce qui vaut dix francs...

Hélas ! une pareille liste n'est pas possible.

Si quelqu'un tentait jamais de l'établir, une tempête d'assignations l'envelopperait instantanément. Des tourbillons de papier timbré grêleraient sur lui. Des milliers de modistes, de culottiers, de bottiers, de fabriquants de margarine et de marchands de vin viendraient lui réclamer des millions de dommages-intérêts, et il expirerait sous les jngements apres avoir étouffé sous les factures.

## ON DEMANDE UN HORLOGER!

———

Le moment est venu, pour ceux que leur
métier n'attache pas à l'asphalte et au pavé
de bois, d'aller respirer l'air de la plage, du
bourg ou de la forêt. Ils vont mettre dans
leur valise leurs habits de vacances et de
pêche à la ligne, une boîte de savons, les
vieilles chemises et les vieux mouchoirs dont
la douceur usée est une caresse pour la peau,
le vieux linge dont on ne jouit bien qu'à la
campagne! Puis, quelques-uns y joindront,
avec le dernier roman d'un bon romancier,
le volume de Rabelais sans lequel ils ne se
déplacent pas, et chacun, le lendemain, se

réveillera avec repos devant le papier à fleurs
d'une vieille chambre de province, donnant
sur la lande, ou dans l'odeur de sapin salé de
quelque chalet dominant la mer.

Presque toujours, à ce moment-là, l'heureux villégiateur s'apercevra d'une chose : la
pendule de sa chambre est ridiculement dé-
traquée. Elle marque onze heures moins cinq
à six heures du matin, sonne les demies aux
heures, les heures au quart, et tressaille
continuellement des résonnances les plus
bizarres ; la petite aiguille ne bouge pas, et
la grande aiguille court la poste...

\*
\* \*

Le lecteur privilégié qui lit en ce moment
les journaux, avec les herbages de la vallée
d'Auge ou les petites voiles numérotées de la
Manche sous sa fenêtre, ce tranquille et sage
lecteur-là fera alors plus d'un rapproche-
ment entre les articles qu'il lit et les heures

qu'il entend sonner. Tout le monde a la prétention d'être tout. Il n'est pas d'ahuri qui
ne veuille être député, sous-secrétaire d'Etat,
ministre. Tout le monde se croit capable de
conduire des armées, tout le monde se croit
capable de faire des vers. Il y a un mot que
tout le monde se dit à soi-même, et qui ré-
sume le délire général, c'est : Et pourquoi
pas moi? Un tel est ministre! Et pourquoi
pas moi? Un tel a du talent! Et pourquoi pas
moi? Un tel a du génie! Et pourquoi pas
moi? C'est la *Marseillaise* de la bêtise humaine!

Depuis l'apothéose de Victor Hugo, il y a
en France dix mille Français, au bas mot,
qui ne dorment plus, et qui ne cessent de se
dire jour et nuit : — Et pourquoi pas moi!
Dix mille Français qui sont tous convaincus,
non pas seulement qu'ils sont des grands
hommes, ce qui est on ne peut plus commun, mais des grands hommes reconnus,
des grands hommes consacrés, des grands
hommes estampillés comme grands hommes!
Lorsque par hasard ils éternuent, ils ébau-

chent tout naturellement un remerciement à
la France, d'où ils croient entendre s'élever,
en leur honneur, un vague et immense *Dieu
vous bénisse !*

    Il est question, lorsqu'il sera mort, de
porter M. Floquet au Panthéon...

    La pendule, à ce passage-là, a dû se mettre
à sonner midi, bien qu'il ne fût pas encore
neuf heures, et le douzième coup sonné, en
sonner un treizième, un quatorzième, un
quinzième, et continuer ainsi sans s'arrêter,
à la stupéfaction de l'abonné, qui a fermé son
journal, et demandé un horloger.

# UN GRAND HEUREUX

---

Vous êtes-vous demandé quelquefois où
en serait aujourd'hui M. de Lesseps, s'il
n'avait pas eu dans le ciel une étoile auprès
de laquelle celle de César n'a jamais été
qu'une chandelle ? A la rigueur, on trouverait peut-être comment Napoléon aurait pu,
militairement, éviter la défaite de Waterloo.
Mais par quelle tactique, par quelle inspira-
tion, M. de Lesseps aurait-il pu conjurer le
tremblement de terre ou la poussée de mer
qui eût englouti, à Suez, l'argent des sous-
cripteurs au fond des sables ?

Supposez, un instant, l'insuccès dans cette

entreprise de Suez, merveilleuse comme
l'Égypte, mais dangereuse comme le Désert.
Savez-vous ce qu'on en dirait? Tout ce qui
en fait la poésie, tout ce qui en fait la beauté,
en ferait, pour les badauds, la criminalité et
la folie. L'ardeur, les ténacités, la foi superbe
de l'ingénieur? Cynisme! Son génie à trouver
des collaborateurs et de l'argent? Insidieuse
coquinerie? Sa bonté à accueillir toutes les
aides, tous les bras, tous les courages, jusqu'à l'aide, jusqu'aux bras, jusqu'au cou-
rage des forçats et des pirates! Son intelli-
gence à comprendre qu'un malfaiteur n'est
souvent qu'un honnête homme inutilisé, qu'il
convient à une œuvre civilisatrice d'être
aussi, pour ses ouvriers, une œuvre de rachat
moral, et qu'il n'est pas de vie souillée que
le travail ne filtre? Affinité naturelle avec
les drôles! Ce que la lâcheté générale eût
alors inventé contre lui, soufflé, versé, craché
sur lui, dépasse les suppositions. Toutes les
pierres qui ont servi à son piédestal n'eussent plus servi qu'à sa lapidation.

Les notaires eux-mêmes, à cette heure,

sentent leurs yeux se mouiller au récit des
hardiesses de ce grand poète du génie civil,
parce que son lyrisme a abouti à des divi-
dendes retentissants. Ces mêmes notaires
crisperaient leurs poings d'indignation, si les
mêmes lyrismes et les mêmes inspirations,
par quelque frasque météorologique, avaient
abouti à des pertes sèches. Ils le mettent au
Panthéon parce qu'il a eu de la chance avec
les astres. Ils le mettraient à Mazas, si le
vent qui a soufflé sur le Pharaon avait un
jour soufflé sur lui.

*
* *

Pourquoi M. de Lesseps, lors de sa récep-
tions à l'Académie française, a-t-il dit tant
de mal des chiens et tant de bien des hommes?

Ce fut, en cette occasion, sous la coupole
de l'Institut, une véritable joute à qui ferait
boire le plus de miel au genre humain. On
voyait bien que Balzac ne s'était jamais assis

là, et que les Trente-Neuf n'avaient jamais
complété leur noble quarantaine par le seul
vrai Jérémie qui ait prédit, en ce siècle, la
nouvelle Jérusalem. Il semblait, à la fin, que
dans cette grande œuvre de Suez, tout le
monde eût eu du mérite, que tout le monde
y eût travaillé, que tout le monde y eût eu
du génie, et que tout le monde dût en re-
cueillir de la gloire. Ah ! cessez donc un peu
de flagorner les Hommes ! Ne nous balancez
plus dans les hamacs de l'humanolâtrie ! A
force de nous balancer, vous nous écœurez !
Tout cet encens nous endort, nous asphyxie.

Il ne faut pas haïr les Hommes, mais il
ne faut pas non plus tant faire parade de les
aimer. Il faudrait, surtout, avant tout, les
connaître. Si vous vous promenez dans la
vie en croyant y trouver une certaine intelli-
gence générale capable d'apprécier le beau,
une certaine morale capable d'estimer le bien,
une certaine bonté capable de pardon et
de clémence, vous êtes dans toutes les conditions voulues pour finir terrassier au canal de
Panama. Vous serez tellement épouvanté, le

jour où vous aurez laissé percer quelque va-
leur, des glaçons de jalousie et d'hostilité qui
vous envelopperont, et tellement affolé, si
jamais vous trébuchez à quelque malchance,
de la déconsidération qui pleuvra sur vous,
qu'il ne vous restera plus qu'à fuir, à vous
expatrier, à aller demander au grand Ferdi-
nand une pelle et une pioche, pour aider,
dans la mesure de vos biceps, à la réunion
des deux océans.

Soyez forts, et qu'on ait intérêt à vous
trouver honnête !

Vous pourrez alors ne pas l'être.

La misanthropie de Flaubert était géniale-
ment sagace. Son Bouvard et son Pécuchet
sont bien l'Humanité réelle, celle qui avilit,
ce qu'elle aime et qui ridiculise ce qu'elle
admire ! Aussi, quelles funérailles il a eues !
Personne derrière la bière, sinon quelques
amis !

Des hommes, mais pas les Hommes !

*\*
\*

On frémit, quand on y songe, de ce que
les Hommes eussent réservé à M. de
Lesseps, si le canal de Suez, après le verse-
ment et l'emploi des souscriptions, n'avait
plus été qu'un chaos. Le « perceur d'isth-
mes » serait resté un thème à inépuisables
plaisanteries. On l'a brodé de palmes, on
l'eût étouffé sous les orties ! On inscrira son
nom sur les monuments, on l'eût peut-être
inscrit sur un écrou ! Il est un exemple de
gloire, il serait un terme d'injure pour insul-
ter les ministres. Les hommes, en général,
n'admirent et n'aiment, que le jour où il leur
est prouvé qu'ils ne peuvent pas, dans leur
intérêt même, ne pas admirer et ne pas aimer,
et ils n'aiment, alors, ils n'admirent, qu'avec
l'instinct de manger leur admiration et leur
amour !

Les Hommes aiment le grand homme

comme les vers doivent aimer le cœur dans un cadavre.

Que M. de Lesseps ne redise donc plus, comme à l'Institut : « Les chiens aboient, la caravane passe. » Qu'il remplace le dicton arabe par cet autre, façon arabe : « Les chiens viennent lécher les voyageurs abandonnés par la caravane. »

4

# LES SŒURS

---

La « sœur » est bafouée par les révolutionnaires, et « l'infirmière laïque » est vili-
pendéé par les réactionnaires. L'avis des
malades, dans cette question, me semblerait
plus utile que celui des députés. Une enquête
un peu sincère, il est vrai, ne prouverait
probablement qu'une chose : c'est qu'il y a
partout des anges et des mégères.

A l'époque où le peuple ne riait pas du
rosaire, la mission des sœurs avait une véritable sublimité sociale. Les grandes ailes
symboliques de leurs coiffes blanches ont

passé longtemps comme de douces visions,
dans le délire et l'agonie de bien des mourants. Leur nom même était beau, et fait
pour être populaire. Il y a eu, parmi elles, il
y a encore des héroïnes... Mais il n'y en a pas
eu que parmi elles...

Pendant le terrible hiver du siège de Paris,
les soldats mouraient dans les ambulances,
sous les blanches mains des actrices. Quelle
comédienne ou quelle cantatrice, n'apporta
pas alors, de ces mêmes mains qui avaient
ramassé des bouquets sur les planches, des
pansements aux blessés et des potions aux
malades ? Et, au-dessous d'elles, les simples
filles de théâtre, celles qui n'avaient guère
vécu jusque-là qu'en étant jolies, marchan-
dèrent-elles leur dévouement ? Epargnèrent-
elles leur santé devenue robuste, leur beauté
devenue consòlatrice, leur sourire devenu
tranquillisateur et chaste ?.... On pourrait
descendre encore plus bas ! On retrouverait
toujours, cet hiver-là, le même souvenir et
la même image de la Parisienne : Un ange
au chevet des blessés et des mourants !

On oublie, dans les moments de calme, les éléments qui se révèlent dans les tourmentes. Les révolutions seraient utiles, si on savait les observer.

Il y eut aux derniers jours de ce siège, si étrangement sinistres et froids, une heure, où, la multitude des victimes augmentant toujours, et le besoin des bonnes volontés devenant de plus en plus criânt, on prit, dans les mairies, toutes les infirmières qui s'offrirent. A ce moment où le patriotisme, à force de courir les rues, avait fini par courir même les trottoirs, on devine quelles femmes, quelles filles, se trouvèrent dans le nombre ! Par quelles mains, alors, les plaies furentelles pansées ! De quelles bouches, quelquefois, tombèrent les consolations suprêmes ! Toutes, cependant, furent admirables ! Toutes

4.

se valaient! Toutes avaient le cœur à la France! Toutes portaient la robe grise de l'apostolat! Toutes avaient sur la poitrine la petite croix rouge de Genève, la cocarde de la Charité!

Vous vous demandez quelles femmes pourraient bien être fraternelles aux pauvres et aux infirmes, le jour où des religieuses ne pourraient plus l'être? Et vous vous demandez aussi comment écarter de la prostitution, comment en retirer les malheureuses qu'y pousse la fatalité? Écoutez les souvenirs du tragique hiver! Toute femme, à un moment donné, contient une sœur de charité. Des sœurs pour les pauvres? Vous en trouveriez peut-être parmi les déclassées, les proscrites et les déshéritées de la morale!

Les anciens pécheurs font les bons prêtres! C'est un axiome en religion. Pourquoi les anciennes pécheresses ne feraient-elles pas, parfois, les bonnes religieuses? C'est

chez les êtres erratés, chez ceux que les ex-
centricités de leur cœur ont jetés hors des
sentiers permis, qu'on découvre souvent ce
manque d'égoïsme normal, d'où proviennent
les folies, mais aussi les actions saintes.
Pour être les servantes des malades et des
misérables, il faut peut-être avoir, en effet,
la conscience d'une indignité, originelle ou
autre, à racheter. Qui donc l'aura, la conscience
de cette indignité, si ce n'est cette déclassée,
cette rejetée, cette méprisée ? Qui donc sera
plus indulgent qu'elle aux plaies morales ?
Qui donc répugnera moins qu'elle aux plaies
physiques ?

Par ce temps d'effroyable écrasement social, souvenez-vous des leçons reçues, des
exemples ! On a dit : « Grattez le mystique,
vous trouverez le pourceau. » Grattez la fille,
vous trouverez peut être la sainte ! Elles sont
infâmes en se faisant les maîtresses de tous,
elles pourraient être sublimes en se faisant
leurs sœurs !

# GOMORRHE

*A Raoul Gineste.*

Quel est ce cri affreux qui nous arrive?
Quel est ce tocsin qui sonne pour la luxure
comme on sonne pour l'incendie? Les sanglots hurlent au viol. Ils semblent appeler la
terre entière au secours d'enfants que pol-
luent et dévorent des ogres, dans on ne sait
quelle épouvantable féerie.

Une féerie, on en dirait une! Une féerie
abominable et sadique!

Quelles damnations sont donc celles de
Londres?

Le goût de la chair rosée et blanche des
babys, devenu aussi général que le vin cou-

leur de rubis ! La passion des vierges fraîches
aussi admise que celle du gin et du jeu ! La
débauche qui lèche et qui éventre l'enfance,
aussi protégée, aussi légale que le commerce
des oranges ! Et les cris des victimes étouffés
dans les sous-sols capitonnés des maisons riches ! Des innocences de douze ans, qui n'ont
encore su qu'appeler leurs mères, crucifiées
sur des matelas, les quatre membres liés aux
quatre coins du lit ! Le sang coulant des petits corps déchirés ! Les sanglots s'échappant
des poitrines râlantes ! Les regards effarés
cherchant aux plafonds des chambres la
droite absente du Dieu vivant ! Le chloro-
forme entonné dans les bouches qui blan-
chissent et deviennent de pierre ! Le laudanum et le tabac jeté dans la bière foudroyant
les pures jeunes filles ! Et l'orgie, se vau-
trant sur la torpeur ou la torture ! La jouissance buvant le supplice ou le sommeil ! La
joie des monstres baisant l'épouvante des
anges !...

Le vieux chancre sanglant des Tibère et
des Borgia, rentré sous terre à Rome, a re-

paru là-bas, et suinte sous le brouillard,
comme il a sué sous le soleil !

Le Vice, le vice énorme et prodigieux,
flamboie dans la nuit du nord, comme un
sinistre haut-fourneau, et ce sont des enfants qu'on pique au bout des fourches et
qu'on jette dans la fournaise !

*
* *

Est-ce bien vrai? Est-ce bien réel? Tout
ce pays n'est-il donc qu'un lieu honteux?
Tout ce royaume n'est-il qu'un royaume de
prostitution? Tout ce peuple n'est-il qu'une
brute oublieuse ou possédée? La reine d'Angleterre n'est-elle elle-même que la matrone
d'Angleterre, elle qui, tranquillement, et sans
se préoccuper, lit, le soir, sa Bible sous la
lampe? A cette heure même ses sujets violent, ses prêtres violent, ses lords violent,
son fils même, peut-être, viole, et toute sa

cité noire, autour d'elle, n'est qu'un charnier
de candeurs assassinées !

Non ! ce ne sont pas des hallucinations !
Oui, il y a une ville diabolique à qui ses lois
permettent le maculage des enfants. On les
connaît, tous ces beaux et frais babys de paradis. Ces chairs de lys qu'irise un soleil
intérieur ! Ces auréoles de cheveux céleste-
ment pâles ! Ces bouches toutes pareilles aux
fruits lavés de rosée ! Et ces grands yeux
bleus qui, l'hiver, sont tout le ciel de l'Angleterre !... C'est le gibier du riche et du seigneur, ce sont les oiseaux diaprés qui finissent pourris, dans le ventre des boas. C'est
la nourriture du minotaure. Tout ce qui est
vierge est guetté, traqué·comme dans une
chasse. Les meutes des proxénètes fouillent
les quartiers, les faubourgs, les campagnes.
On sollicite les parents pauvres, les mères
galantes, les ivrognes. Les entremetteurs,
d'autres fois, se déguisent sous de faux noms,
sous de faux états, se donnent pour des avocats, des marchands, des clergymen. Les jeunes filles, ainsi, se fiancent à eux dans les fa-

milles ; elles ne soupçonnent rien, et se trouvent un jour attirées dans des chambres !.. Là,
les cordes et les narcotiques ont raison d'elles,
et, avant que l'homme n'entre, une sage-
femme vient voir si elles ont été chastes.

*
* *

Dans un ménage de Waterloo-Road, le
père et la mère, abrutis de gin, n'ont plus
semblant d'âme humaine. Ils ont, cependant, une petite fille, toute joie, toute fleur,
toute auréole. Une procureuse entre dans
la maison, montre la petite et met dix livres sur la table... A ce moment, tandis que
l'enfant sourit à l'étrangère, et que les parents se consultent des yeux, il y a, dans la
chambre, une femme qui pâlit. C'est la
grande sœur! Elle a élevé le baby, elle
a été sa véritable mère, elle le voit déjà
vendu... Mais elle connaît, dans le voisinage, des gens qui veulent se faire acheter

leur fille... Elle va les trouver, s'entend avec
eux pour la substitution, et fait disparaître
sa petite sœur. Elle la sauve en livrant l'autre
enfant. Car il faut à Londres son horrible
dîme! Quand ils se sont, tout le jour, ga-
vés de sang de bœuf, incendiés de sherry,
il leur faut, tandis qu'il bruine dehors, les
cris, les tourments et les blessures des vierges!

Dans les pays de forêts, quand les baies
sont tombées des chênes, les porcs, soûlés
de glands, viennent dans les maisons dévorer
les enfants. La bête immonde devient épouvantable, et les berceaux lui servent d'auges!

Le peuple anglais, pourtant, dans sa misère, pleure quelquefois ses filles disparues.
Tâtant son front brûlant, hagard, il se soulève, fiévreux, dans son ivresse. Il se souvient
de sourires, de visages candides qu'il avait
oubliés et qu'il se rappelle avoir vu rayonner!
Alors, il se réveille, il cherche, il regarde, il

prête l'oreille aux soupiraux des caves, il entend crier les vierges, et il demande à ceux qui passent si on sait où sont ses enfants... Hélas! dans la cohue inique de l'Histoire, une tête de roi qui tombe fait plus longtemps retourner la foule que tous ces anges immolés! On leur accorde, à eux, le souvenir dont on suit les berceaux brisés ,les fleurs broyées par les meules, et le peuple, bientôt, se rendort lui-même... Il cesse de redemander ses brebis.

Il y a, toutefois, dans l'éternel avenir, des jours où la plèbe tressaille, où les spectres se lèvent, où les pierres des sépulcres se dressent, où les bras des potences maudissent les bourreaux, où l'herbe de la terre frissonne comme le poil de l'homme, et dans l'un de ces jours qui sommeillent encore dans l'inconnu, des milliers de têtes portées sur des milliers de piques vengeront ces corps d'enfants qui roulent sanglants et violés dans les palais.

## SOUVENIRS DE PARIS

———

Mon vieux Michelin, te voilà député !

Tant pis pour toi !

Te souviens-tu, comme eût dit le petit père Lepère, de notre vieux Quartier Latin ? Tu étais un brillant étudiant. Tu avais le feu sacré du Droit, tu éblouissais les examinateurs. Il y avait, sous ton crâne, autant de textes, d'arguments et de commentaires que dans les deux bosses de Vuatrin et d'Accolas. A eux deux, tu le sais, ils faisaient un dromadaire !

Je t'admirais, quand, à l'école, tu recevais d'un superbe et tonitruant : *à la porte !* les

petits niais qui troublaient le cours d'Ortolan.
Car Ortolan, nous disais-tu, était un grand
savant, un bon républicain, un bon homme,
et tu ne permettais pas aux serins de venir
caquer sur son hermine.

Ah! nos sorties des cours! Les journaux
sur lesquels nous nous précipitions! L'Empire que nous insultions! Et tes apostrophes
aux sergents de ville, et ton chapeau haut
de forme, déjà présidentiel, et ton grand mac-
farlan, dont tes gestes faisaient voler les
ailes! Et les poètes que, moi, j'avais dans
mes poches, pour contre-balancer le Tripier
et les Pandectes que tu portais dans ta serviette!...

Et le soleil couchant qui dorait le fronton
de David!

Mon vieux Michelin, te rappelles-tu l'Académie? Pas la Française! Pas les quarante
petits vieux qui tremblotent sur la confection
du Dictionnaire, et qui s'amusent, de temps
en temps, avec leur costume vert, à se dé-
guiser en lézards sous une coupole! Non!
l'Académie de Pellorier, du liquoriste Pello-

rier ! L'Académie de la rue Saint-Jacques !
Les quarante tonneaux ! Etait-ce beau?

Une salle basse, quarante fûts rangés contre
la muraille, une vieille table au milieu,
épaisse, poisseuse, brune, avec des escabeaux autour. Et, vers cinq heures, sur un
de ces escabeaux, la Femme au perroquet
prenant son absinthe, avec son oiseau sur
l'épaule. Hein ! tu ne te souviens pas, mon
député ?

Aimais-tu assez le verjus !

Il y avait là — chaque liqueur dans sa bar-
rique, comme chaque académicien dans son
fauteuil — le Cassis (François Coppée), le
Parfait-Amour (Octave Feuillet), le Tord-
Boyau (Maxime Du Camp), la Crème de Ca-
cao (Camille Doucet), le Vespétro (Caro).
Toutes les poésies, toutes les proses du sucre
et de l'alcool. Mais tu n'aimais que le verjus ! C'était ton poète préféré. Tu prenais du
verjus, tu reprenais du verjus, et encore du
verjus ! Et tu nous forçais à boire du verjus !
Nous avions tous fini, je crois, par ne plus
nous ingurgiter que du verjus ! Le directeur

de l'Académie, je veux dire Pellorier lui-
même, nous reconnaissait à notre arrivée,
s'approchait de nous, et nous disait avec un
sourire dont M. Renan eût envié la finesse :
« Du verjus, n'est-ce pas, messieurs ! » Tu
poussais alors un rire formidable, et tu ton-
nais dans les tonneaux :

— Oui ! du verjus, patron ! Oui ! du verjus !

Oh ! je me souviens, moi !... Un jour, nous
étions dix, on pratiquait déjà l'effrayant système des tournées, et, d'une voix d'ouragan,
tu commandas tout de suite : « Dix verjus ! »
Un second ne tarda pas, et s'écria bientôt,
lui aussi : « Dix verjus ! » Un troisième suc-
céda, qui hurla de même, enthousiasmé :
« Dix verjus ! » Un quatrième...

Mon vieux Michelin, quelle orgie, quelle
noce, quels souvenirs de verjus !

Et pendant ce temps-là, à quelques pas de
nous, la Femme au perroquet prenant absinthe sur absinthe, avec son oiseau sur son
épaule !

Mon vieux Michelin, te rappelles-tu aussi

les trois nez? Le nez de Got, le nez de Bressant et le nez de Febvre ! Il y en avait un
quatrième, qui les résumait tous les trois,
c'était le tien ! Oui, ton nez, à toi, imitait,
commentait et synthétisait merveilleusement
ces trois nez.

On le voyait, tout à coup, ton nez, devenir
distingué. Il en sortait l'apostrophe du *Lion
amoureux*, le monologue de Charles-Quint,
les remords du père des *Faux Ménages*. C'était
Bressant ! Puis, ton nez, d'autres fois, deve-
nait machiavélique. C'était Febvre ! Puis
c'était une trompe joyeuse, sagace, allongée
par la circonspection, bossuée par la fantaisie, et le monologue de Figaro s'en élan-
çait. C'était Got ! Et les trois nez, pour comble, finissaient par dialoguer tous les trois
dans le tien !

Il n'est qu'un nez au monde, mon vieux
Michelin, qui n'ait jamais trouvé place en
toi, c'est celui d'Hyacinthe ! Mais tu sais
ce qu'on a dit : Bressant, Got, Febvre, ont
représenté les nez comme ils sont ; Hyacinthe
les a représentés comme ils devraient être.

5.

Eh bien ! que veux-tu faire ! tu ne contenais pas Hyacinthe !

Et maintenant !...

Maintenant, te voilà député !

Tous les journaux ont publié, pendant longtemps, l'innocente réclame que voici :

*Avances pour actrices et pour dames du monde, rue..., n..., M...* DISCRÉTION ABSOLUE.

De quelle nature pouvaient bien être ces avances ?

De toutes les natures, probablement. Ou plutôt, les clientes touchaient en espèces et remboursaient en nature. Elles recevaient d'une main, mais ce n'était ni de l'une ni de l'autre main qu'elles s'acquittaient.

A combien, maintenant, une réclame placée à la troisième page, en entrefilet, est-elle ordinairement tarifée ?

A environ 10 francs la ligne.

La réclame en question avait trois lignes.

Pour 30 francs, un journal procure ainsi ses lectrices à une procureuse.

\*\*\*

La presse vit d'annonces, a dit Emile de Girardin, comme la fille de trottoir vit de prostitution. Si la comparaison est juste, les prostituées généralement connues sous le nom de « feuilles publiques » ont une façon de raccrocher qui dénote chez elles plus d'imagination que chez leurs pauvres sœurs des rues.

On connaît l'éternel : *Monsieur, voulez-vous monter ?* ou : *Bonsoir, mon ange !* ou : *Monsieur, si vous saviez comme je suis polissonne !...* La prostituée qui s'offre à vous avec une opinion politique pour sourire, des chroniques pour appâts et des finances pour dessous, possède, elle, tout un répertoire,

varié sans relâche et renouvelé sans cesse.
Chaque jour, au détour de la troisième et de
la quatrième pages, c'est une nouvelle formule de réclame, une manière inattendue
d'accoster le vieillard et le jeune homme.

On a déjà beaucoup relevé de ces formules
de prostitution ; elles ressemblent assez, en
effet, par le ton, l'entrain, et même par la
matière, aux boniments galants de la rue de
la Lune.

En voici quelques-unes, à ajouter aux
chefs-d'œuvre :

SAINT HUBERT *renie les chasseurs qui ont des*
*cors aux pieds, à moins qu'ils ne s'en débar-*
*rassent avec le* BAUME CHINOIS.

QUE PEUT *la ride contre la véritable* EAU
DE NINON? *Rien!... Elle disparaît à la pre-*
*mière sommation de ce produit...*

*Aux roses les épines, aux jolis nez les tannes*
*qui s'épanouissent en pays conquis! Mais*
*l'*ANTI-BOLBOS *détruit bientôt ces points noirs...*

AVIS *à tous ceux qui souffrent de l'*IMPUIS-
SANCE !... *Un* GRAND *remède a été découvert*

par un MISSIONNAIRE, *chez les sauvages de l'Amérique du Sud...*

NE *souffrez pas que des poils indiscrets s'implantent cavalièrement sur vos bras, sur vos jambes...* OH !... EXTIRPEZ-*les sans les* ARRACHER !...

L'INFERNALE *poudre de riz a vécu !... Honneur au suave* DUVET DE ROSE !...

COMMENT *résister à la flamme de deux beaux yeux dont les cils et les sourcils sont colorés et épaissis par la* SÈVE SOURCILIÈRE ?...

*Comme* SOEUR ANNE, *elle ne voit rien venir, celle qui, par* ERREUR, *a acheté une contrefaçon du* LAIT MAMILLA...

On sait à quelles rages, à quelles folies d'interprétation donne lieu la découverte de certains textes antiques, où nous voyons s'ouvrir d'obscures et bizarres échappées sur les mondes d'il y a trois mille ans. Grâce à l'imprimerie, les sociétés qui existeront dans une quarantaine de siècles auront, il faut le croire, sur les Parisiens du temps de Victor Hugo, des lumières que ceux-ci n'auront pas

eues sur les Grecs du temps de Pindare. Ils
auront toujours, néanmoins, des découvertes
à faire. Quelles réflexions pourront bien leur
venir, à quelles interprétations pourront-ils
bien être poussés, s'ils découvrent jamais,
sans en avoir la clé, quelques-uns de ces
textes exclamatifs où les gens sont exhortés,
au nom de toutes sortes de pays exotiques
et d'inventions extravagantes, à s'arracher
les poils, à se redresser les seins et à s'extir-
per les cors?

Le talon Louis-Quinze a repris le haut, le
bas, et le milieu du pavé !

Pendant un temps, il avait paru tomber en
défaveur, mais les plus dangereux des bottiers l'ont baptisé de noms nouveaux, et le
voilà qui règne encore.

Il est si joli! Il se glisse sous la plante,
dans un harmonieux gondolement de toute

la chaussure, et forcément, ainsi, il renfle le
cou-de-pied, mettant les provocations les
plus exquises dans les plus vertueuses extré-
mités. Le poids du corps, seulement, au lieu
de porter sur les points résistants et forts où
il doit porter, porte sur le point faible et
sensible, sur la partie justement préservée
par la nature, celle qui ne devrait qu'effleurer
la terre, et le pied, alors, se tord, se dis-
loque, s'épate, se contourne, s'écule. Les
plus jolies femmes, à la longue, ne sont plus
jolies que chaussées.

Pour que le talon Louis-Quinze soit sans
danger, il faut que la femme ne fasse jamais
un pas. Deux petits pieds, avec lui, ne peuvent rester jolis qu'à la condition d'être mil-
lionnaires. Encore, ni leur repos, ni leurs
millions, ne leur profiteront-ils beaucoup.
Une femme doit marcher pour se conserver
belle ; le corps ne doit se coucher que pour le
sommeil, pour l'amour et pour la mort. Mais
le talon Louis-Quinze s'est vulgarisé, il est
même devenu vulgaire ! Le peuple a fini par
le chausser. L'ouvrière qui vit de pommes,

de salade et de fromage de Brie, traîne ses
talons Louis-Quinze sur le pavé ; la figurante
fait sonner les siens sur les planches, et les
bourgeoises montrent les leurs aux portes des
magasins. Par ce temps où on ne fait plus
d'enfants, le talon Louis-Quinze est devenu
l'uniforme de toute femme qui aime, voudrait
aimer, ou se souvient d'avoir aimé. Des
talons Louis-Quinze et des perruques à la
chien, on ne voit plus que cela dans le
monde, et par les rues.

La Mode est faite, en général, pour les
femmes laides. Elle est en effet l'exploitation
du caprice par le commerce, et s'adresse à la
majorité, c'est-à-dire à la laideur. Elle vient
des couturières, des lingères, des modistes,
dont l'intérêt n'est pas de flatter les plus
belles clientes, mais les clientes les plus
nombreuses. La mode varie dans ses manifestations, mais le fond et la raison d'être en
sont invariables : elle a pour but de niveler
le charme, de vulgariser la grâce, d'imposer
un uniforme d'élégance moyenne dont pro-
fite le grand nombre des laides, au détriment

du petit nombre des jolies. Elle a des rondeurs pour les maigres, des cheveux pour les
chauves ; elle prête, par ses chapeaux, un
caractère aux têtes sans caractère ; elle
donne, par ses chaussures, une tournure aux
pieds sans tournure. A qui la crinoline a-t-elle
rendu service ? aux femmes affligées de ventre
et privées de hanches. Pour qui les fausses
croupes, si ce n'est pour la multitude non
callypige ! Qui triomphe du talon Louis-
Quinze ? Les pieds plats.

Que des imperfections choquantes se dis-
simulent, soit !

Le malheur est que les belles filles et les
belles femmes mettent leur amour-propre à
sacrifier leur beauté à la laideur de la majorité. Elles qui ont la noble originalité de
n'être comme personne, elles veulent être
comme tout le monde ! Sur combien de hanches ondulées, la crinoline, longtemps, n'a-
t-elle pas mis son boisseau ! Combien de
tailles souples, harmonieuses, étouffent aujourd'hui leur souplesse, éteignent leur harmonie, dans la raideur d'un corset ! Le jour

où l'immense nombre des laides sera bossu,
le commerce ne manquera pas d'inventer une
fausse bosse, sans laquelle il deviendra obs-
cène de sortir !

Le talon Louis-Quinze, avec la pression
qu'il exerce sur la plante du pied, est un
agent de rachitisme aussi redoutable peut-
être que la misère, la faim et les liqueurs fre-
latées. Oh ! ses séductions sont fort com-
préhensibles ! Il a quelque chose de galant,
de fripon, on ne sait quoi de rieur qui ne dit
jamais tout à fait non, et ne se fâche jamais
sérieusement d'être suivi. Le talon Louis-
Quinze, justement parce qu'il retarde la marche, est la seule chaussure avec laquelle une
femme pourrait encore fuir à présent vers
les saules. C'est un objet d'art, c'est un
philtre ! Il ressemble aux autres talons comme
une fossette ressemble à un trou... Eh bien !
lectrices, méfiez-vous du talon Louis-Quinze !
Il est, de par lui, tel pied d'une ligne et d'une
chair divines, qui eût été digne, il y a
quelques années, de chausser les bandelettes
de la Tragédie, et qui n'est plus, mainte-

nant, hors du bas, qu'une pauvre difformité
pâle, où grimacent des ongles, d'où sortent
des bosses.

Nous aimons à voir aller par les rues, sur
l'asphalte sèche et sonore, les petits brode-
quins collants, sveltes et bien cambrés. Nous
aimons, pourtant, cent fois mieux encore, un
beau pied nu, chaussé de blancheur, avec
son talon rose.

Un joli pied vaut un joli soulier.

La tempête ne renverse pas seulement les
cheminées; elle n'enlève pas seulement les
enseignes des boutiques et les panonceaux
des notaires! Elle a encore d'autres charmes,
elle détermine une vie grouillante de jambes
et de mollets dans le miroir humide de l'asphalte, et la Parisienne, alors, se retrousse
selon son âge.

### A SOIXANTE ANS...

la marchande à la toilette se retrousse horriblement.

Cet âge est sans pudeur.

Quand on a dépensé son capital, on n'a plus à craindre que les regards ne vous le volent. Donc, par la pluie torrentielle, la vieille mégère de Paris a une façon de relever sa robe qui ressemble à celle dont un vieil usurier ruiné ouvrirait sa caisse. Il n'y a plus rien! C'est fini! Et, *coram populo*, les vieilles habituées du café au lait matinal, et de la *fine* frelatée qu'on savoure sur un morceau de sucre, montrent sans souci leurs vieux piliers de cave, le long desquels tombent leurs jarretières cagneuses.

### A TRENTE ANS...

Mon Dieu! quand un homme entreverrait, au passage, l'extrémité d'un bas qu'on a bien tiré sur une jolie jambe, où serait le mal? Il pourrait arriver de plus grands malheurs. Il n'y a que les petites grues qui attachent tant d'importance à ne rien montrer d'elles-mêmes. Elles se figurent que personne ne sait ce que c'est, et que tout le monde, comme elles, ne pense qu'à ça. Après tout, n'est-ce pas, la boue salit un peu plus sérieusement ce qu'elle touche que les yeux n'abîment ce qu'ils regardent. Eh bien! Il ne faut pas être bête et il convient de se montrer un peu pratique. On permet de se décolleter, pourquoi ne se retrousserait-on pas? Ne soyons donc pas indécente, mais ne tombons pas dans le ridicule.

Il y a un juste milieu.

### A QUARANTE ANS...

on se retrousse avec maëstria. Des hardiesses, mais une virtuosité qui impose, vingt ans de carrière derrière soi, et une grande autorité sur le public! Pareille au ténor célèbre qui peut, à tout propos, donner un *ut* de poitrine, la femme de quarante ans possède à fond la grammaire de la pudeur, et peut se permettre des néologismes.

Au fond, de l'avis de M<sup>me</sup> de Staël :

— Ça nous coûte si peu, et ça leur fait tant de plaisir !

On rencontre, le dimanche, dans les salles d'attente de la gare Saint-Lazare, des petites filles d'une allure uniforme et particulière. Elles ont de douze à quatorze ans, des jupes courtes, les cheveux flottant sur les épaules, un rouleau de toile cirée ou de cuir chagriné sous le bras, et, sur tout cela, un grand chapeau tapageur et crâne, un chapeau d'actrice en villégiature, ou de rapin en expédition, ombrageant une frimousse éveillée comme un museau de rat.

Elles causent avec animation, par groupes, comme des collégiens, autour des guichets et des piliers, se regardant entre elles de regards fins, fixant hardiment leurs yeux sur les hommes, babillant d'un verbe haut, ges-

ticulant, clignant de l'œil et se faisant cla-
quer l'ongle sur la dent... Quand la sonnerie
du départ commence à tinter, elles montent
l'escalier en se prenant par le bras, et tout
en balançant leurs grands chapeaux à plu-
mes dans la modulation d'un motif d'opéra,
elles se passent le *la* sans se troubler, bat-
tant la mesure avec leur rouleau de musique, et montrant leurs jambes de petites
filles...

Elles ont déjà des bas rouges, les souris du
Conservatoire.

Mais les voilà qui s'embarquent! Elles se
précipitent dans les compartiments, tombent
sur les banquettes avec des laisser-aller de
premiers sujets, et pendant qu'elles gazouil-
lent toujours, le train d'Argenteuil les emporte vers la banlieue.

La souris du Conservatoire voyage en
seconde classe, et pendant le trajet, de Paris à Asnières, elle parle de bémols, de
dièzès, de clé d'ut, de *ritenuto*, de *soste-
nuto*, comme d'autres enfants parleraient de
jeux ou de poupées. Il y a bien des mo-

ments où le bébé reparaît en elles, et il reparaît même souvent, mais c'est toujours à
travers la musique. Elles triomphent ou se
font la moue à propos d'un *ré* que les unes
se tirent déjà du larynx et que les autres
n'ont pas encore dans le gosier. Elles se
défient de soutenir une note pendant trois
mesures, comme elles se défieraient, à la
marelle, de rester dix minutes de suite sur
la pointe du pied. Elles se crient : « Que tu
es bête! Je te dis que non! C'est toi qui
es idiote! » à propos du vrai mouvement de
la *Sérénade* de Schubert. Elles se proposent
de chanter un duo comme elles se propose-
raient de jouer au cheval. Elles grimpent
sur les coussins et se montent les unes sur
les autres pour se montrer, dans une parti-
tion, les seize mesures de l'*Africaine*...

Et, quelquefois, tandis que toutes ces petites têtes se balancent, s'essayant à voix
couverte aux virtuosités de la *Favorite*, une
voix rauque, où la vibration des *r* se mêle
impérieusement au rogomme, part tout à
coup de l'autre côté du compartiment et

formule cette admonestation maternelle :

— Ma petite, prrrends bien garrrde, le
wagon pourrrait s'ouvrrrire, et tu tomber-
rais parr la porrtierrre.

En effet, dans un coin, les souris babil-
lent musique, mais les mères des souris,
dans l'autre, potinent sur les concours.

La mère de la souris est généralement une
femme qui se croit encore de beaux restes.
Pourtant, l'avenir de sa fille est sa grande
affaire, et elle se relâche elle-même sur la
coquetterie. Elle a de la barbe, prend du
tabac, et met de la poudre de riz. Du temps
de Gavarni, elle n'aurait peut-être pas encore
arboré le cabas ; aujourd'hui, elle porte la
sacoche. C'est une ancienne belle, ou soi-
disant belle, jaunie ou couperosée dans la
médiocrité. La mère domine encore en elle,
la femme y montre encore des regains, mais
elle est en train de devenir la bonne de sa fille.
Dans son langage, elle déclame, et son râtelier
lui permet de vibrer avec furie. Elle juge les
élèves, les maîtres, les acteurs, les auteurs,
les professeurs ; elle raconte des histoires où

6

elle a toujours remis des insolents à leur
place, et, tout en vibrant de plus en plus,
elle couve du regard sa *souris,* laquelle fre-
donne toujours du Mendelssohn avec ses
petites camarades, sur un grand cahier dé-
ployé. Autrement, elle examine la galerie,
et guette l'effet produit par sa fille et par elle-
même, avec cet œil qui a tout vu, où il y a
tout ! Cet œil où il y a de la douceur, du fou-
droiement et de la gaudriole à volonté, et
dans lequel scintille le perpétuel calcul de
la vie...

Cependant, une terrible vibration de fer
couvre les murmures filés des petites, et
les *r* impitoyables des mères.

On traverse le pont de Clichy, et le train
s'arrête à Asnières.

Dans le compartiment, personne ne bouge.

Tous, en effet, parmi les habitués de la
ligne d'Argenteuil, savent que les souris du
Conservatoire et leurs mères n'ont qu'un seul
lieu de résidence au monde. Elles pourraient
demeurer, comme dans toutes les professions,
un peu partout, à Asnières, à Sèvres, à

Saint-Cloud, à Vaugirard, même à Paris...
Mais il n'en est rien.

Elles demeurent toutes à Bois-Colombes.

*
* *

Le banc des « flagrants délits » était au
complet.

Il y avait là, devant les juges de la correctionnelle, dans la tribune infamante, une
rangée de jolis voyoux, chérubins du crime,
gentils, frisottés, les lèvres roses, les yeux
cernés, et la figure mâchurée, comme les
petites bonnes, le matin, quand elles ont
fouillé dans le bac au charbon, et qu'elles
viennent d'allumer leur feu.

Sous l'œil des municipaux assis derrière
eux, les jeunes malfaiteurs paraissaient fort
tranquilles ; on aurait pu les prendre pour de
mauvais écoliers à une distribution de prix.

Parmi eux, cependant, et perdue dans

leur nombre, on finissait par remarquer une
jeune fille, une jeune fille bien mise. Elle
avait l'air d'avoir été bien élevée, et semblait
abreuvée de honte. Prosternée sur elle-même,
les coudes dans ses genoux et le visage dans
ses mains, on ne voyait d'elle, sur le fond
de sa toilette et de son chapeau noirs — on
eût dit qu'elle était en deuil — que ses deux
mains, deux mains jolies, les deux mains
blanches d'une jeune fille du monde !

Bien que très chargée, l'audience ne traî-
nait pas. Tous les prévenus avaient été pris
sur le fait ; ils niaient, avec effronterie, pour
la plupart, mais ils se trouvaient déjà, malgré leur âge, à leur deuxième ou troisième
condamnation, et le président les expédiait
vite. Dès que le premier en tête du banc sortait, à la suite de son gendarme, le second se
levait, et le troisième ne tardait pas à rem-
placer le second. Le tour de la jeune fille
arrivait donc peu à peu. Au fur et à mesure
que les municipaux emmenaient les condamnés, ses voisins de gauche la poussaient
d'un rang, et ainsi, sans qu'elle bougeât, tou-

jours la tête dans ses mains, elle approchait
insensiblement de sa sentence.

Enfin, ce fut à elle.

On vit sa forme noire et sa figure pâle se
lever lentement devant les juges.

C'était bien une jeune fille, en effet, une
jeune fille d'une parfaite et simple élégance,
d'une grâce séraphique, et dont le visage
fin et pur avait une blancheur lumineuse,
une blancheur d'albâtre vivant. Dans son
long manteau sombre, semblable à un manteau de veuve, elle ne paraissait pas avoir
vingt ans.

Le président la regarda, consulta une
feuille posée devant lui, puis il demanda,
adoucissant sa voix :

— Votre nom ?

A la façon dont elle s'était tournée, on
n'apercevait d'elle qu'un profil vague ; elle
dit son nom si bas que personne ne l'en-
tendit.

Le président ne le lui fit pas répéter.

Il ajouta :

— Votre âge ?

6.

Cette fois, le silence était si grand qu'on distingua ces mots, murmurés comme dans un rêve :

— Dix-huit ans.

— Vous avez été arrêtée, il y a huit jours, dans les magasins du Louvre, dit alors le président. On a trouvé sur vous des sachets de parfum, des montres d'enfant, de petits coupons de dentelle, et d'autres menus objets ; vous les emportiez sans payer ; un employé vous a surprise. Vous avez avoué et vous avez pleuré. Ensuite, on s'est rendu chez vous, et la police a découvert dans votre chambre une quantité considérable de parures à bon marché, de paquets de gants, de poupées, de jouets, de rubans, de petits miroirs de poche, et enfin, cachés dans des coins, des fioles de morphine, dont vous abusiez, à ce qu'on a dit. On vous a demandé d'où vous aviez toutes ces choses, et vous avez encore simplement répondu que vous les preniez dans les étalages. Est-ce bien vous, dites-moi, qui avez été arrêtée au Louvre ? Est-il bien vrai que vous ayez volé ?

A ces questions, d'abord, la jeune fille
resta muette. Elle avait l'air de s'en être allée
dans un songe. Mais elle baissa la tête, releva
les yeux, et puis elle répondit :

— Oui.

Le tribunal condamna l'accusée à trois
mois de prison, au minimum.

Elle s'affaissa, inerte, sur son banc.

Elle semblait dormir, quand on lut la sentence.

— Allons! lui dit le gendarme, il faut sortir, sortons !

Mais elle n'obéit pas.

— Vite! vite! pressons-nous!

La condamnée ne bougea pas davantage.

— Allons donc! fit-il, la tirant par le
coude.

Toujours pâle, mais pas plus qu'elle ne
l'était avant, et comme elle semblait toujours
l'être, pâle de sa céleste pâleur, elle tomba
évanouie sur les genoux du soldat.

Et le gendarme, alors, emporta la voleuse.

# LES CHAMPS ET LES MERS

*A Paul Hervieu.*

Il y avait, dans le pays, un vieux mendiant, le père Joseph.

Le père Joseph, pourtant, avait eu du bien.

Mais, chose unique à la campagne, unique même dans ce village voisin de Paris et continuellement fréquenté par les peintres, le père Joseph avait été un paysan prodigue. Bien qu'il eût une femme, et fût d'un certain âge, c'était un viveur. Il avait des maîtresses, et entre autres deux paysannes du pays, l'une à l'air angélique des vierges de Raphaël,

l'autre haute en couleur comme une com-
mère de Rubens.

La femme du père Joseph vint à mourir.

Du vivant de celle-ci, il avait eu son frein
en elle. Une fois veuf, il n'eût plus rien qui le
retint. Ses deux maîtresses, dès lors, se mirent
à le piller, et une lutte acharnée commença sur
son bien, entre l'angélique et la haute en
couleur. Ce fut à celle des deux qui dépouil-
lerait le plus, et le plus vite, le pauvre père Joseph, déjà vieux, faible, et qui n'était pas un
mauvais homme.

Tout ce qui pouvait se prendre passa de
chez le paysan chez les deux paysannes. Le
linge fila d'abord, puis la vaisselle; les meubles disparurent aussi; l'argent fuyait d'un
troisième côté. Les deux femmes vidèrent
la maison et la bourse du malheureux, comme
les filles les plus rapaces ne vident pas celles
de leurs amants.

Et le père Joseph, un jour, se trouva tout
nu dans son logis nu.

Cependant, il restait encore la maison.

On ne pouvait pas s'en partager les murs!

On ne pouvait pas en emporter les pierres !
La lutte, pourtant, reprit entre les deux
maîtresses, plus horrible encore qu'auparavant. Il s'agissait, maintenant, de savoir laquelle des deux aurait l'immeuble, de la
Raphaël ou de la Rubens, et chacune, de son
côté, se mit à faire boire le vieux, pour arriver
à capter la masure.

Ce fut la Rubens qui l'emporta.

Un jour, se trouvant ivre, le vieux paysan
lui signa une promesse de vente, en échange
du logement, de l'entretien et de la nourriture qu'on s'engageait à lui fournir.

On alla chez le notaire, la vente fut con-
sommée.

Le père Joseph, à ce moment, n'était plus
qu'un petit vieillard usé, cassé de corps,
troublé d'esprit. Quand il vint chez sa maîtresse réclamer son dû, elle le jeta sur une
paillasse, dans un coin de cave, et ne lui
donna pas à manger.

Le pauvre homme, alors, mendia sa vie.

Il alla de porte en porte, dans ses loques,
mourant de froid l'hiver, mourant de faim

toujours, s'asseyant sur les bornes quand il
était trop fatigué.

Il allait aussi, aux beaux jours, dans la
forêt voisine du village ; il demandait l'aumône aux promeneurs, le dimanche, et quand
on lui donnait, il vous disait toujours en
fondant en larmes :

— Oh ! mon Dieu ! mon Dieu ! que je suis
donc malheureux ! Je me détruirai, monsieur ! je me détruirai !

Et quelquefois, les peintres le faisaient
poser...

Un soir, la paysanne ne le vit pas rentrer.
Il n'était pas revenu à la paillasse de la cave.
Elle ne s'en inquiétait guère.., Mais un garçon du pays lui cria, le lendemain, d'un
champ voisin :

— Eh ! dites donc ! là-bas !... Regardez
donc dans vot' puits ! Il y a le père Joseph
qui s'y est jeté !

Je le revois toujours, le père Joseph. Son
dernier chapeau était un vieux gibus qu'un
artiste lui avait donné, et j'ai toujours aussi
dans la mémoire ses bons yeux bleus et sa

petite voix d'enfant, quand il sanglotait, en
vous remerciant d'une aumône, au pied des
grands chênes de la forêt :

— Oh! mon Dieu! mon Dieu! que je suis
donc malheureux! Je me détruirai, monsieur! je me détruirai!

Mon cheval avait eu de la peine à atteindre
Saint-Jean-sur-Dive, et il se tenait, en ce
moment, devant la cour du charron, soule-
vant son pied flasque d'où pendait son fer.

— Il y en a déjà cinq à ferrer dans l'écurie,
me dit le garçon, tout en décrochant les traits.

J'avais une heure à attendre, mais nous
étions en été, et la femme du charron, assise
entre ses deux filles, cousait avec elles devant sa porte, ourlant de grands carrés de
toile blanche.

Elle m'offrit une chaise.

J'acceptai.

7

Le charron semblait faire de belles affaires. Il ne devait pas y avoir, dans la région, beaucoup de charrues auxquelles il n'avait pas refait un soc, ni beaucoup de herses auxquelles il n'avait pas remis de dents.

La charronne, elle, tout en ourlant, ne perdait pas de vue les passants, afin de ne pas manquer à les saluer, et ses deux filles, après elle, deux blondes joufflues, dont les regards sournois glissaient sur des teints rougissants, saluaient invariablement aussi.

Quelques minutes s'écoulèrent ainsi, et nous entendions le bruit des aiguilles et les tintements des enclumes, quand la charronne, à un moment, leva la tête, regarda, et dit en posant son ouvrage sur ses genoux :

— Voilà M. Vanier de Barenton.

Les filles, à ce nom, posèrent aussi leur couture, et une espèce de tilbury crotté s'arrêta devant la maison.

Perchée sur ses deux roues, haut-branlante, avec sa vieille capote roussie, poussiéreuse et crevassée, la carriole s'écrasait lourdement d'un côté, sur un de ses ressorts, et l'une de ses deux roues ne se maintenait plus à l'essieu que par un emplâtre de cordes.

— Comment ça va-t-il, vous? fit alors une voix de gros homme dans la voiture, tandis que le fouet et les guides retombaient sur le tablier, et que deux grosses mains ballonnées s'appuyaient, à pleines paumes, sur un support dont on ne distinguait pas la forme.

La charronne s'était hâtée de venir saluer le tilbury.

— Oh! monsieur Vanier, fit-elle, mon Dieu! ça va toujours bien!... Et alors, reprit-elle, vous avez donc une roue qui s'est blessée?

— C'est à Aulcy que ça s'est fait, répondit le gros homme. Dame! ça n'est pas tout jeune, tout ça! Ça ne vaut pas la réparation.

— Et ça vous a tout de même coûté une corde, monsieur Vanier?

— Oh! pour une corde!

— Allons! poursuivit la charronne, monsieur Vanier ne peut pas s'en aller comme ça jusqu'à Barenton... Il lui faut un cercle!

—Bigre ! ce sera-t-il long ?

—Oh ! reprit la Normande, vous savez
bien qu'on va toujours vite pour vous, monsieur Vanier !

Le tilbury, une minute après, craquait sous
le poids d'un énorme bonhomme en blouse,
qui descendait, soutenu dans le dos, sous les
bras et sous les coudes par les mains res-
pectueuses de la mère et des deux filles.

—Attendez tant seulement que je prenne
ma badine, haleta-t-il quand il fut d'aplomb
sur le sol.

Il tira aussitôt de la carriole un bâton de la
grosseur d'un manche à balai, haut comme
une canne, à l'extrémité duquel était fixée,
en guise de poignée, une planchette assez
large pour s'y accouder. Puis il traversa la
chaussée, vint tomber assis sur une chaise,
comme une masse molle, planta son bâton
entre ses genoux, puis se posa sur la planchette, cramoisi, soufflant toujours, ballonné,
boursouflé, et ramoné par une respiration
qui le râclait du haut en bas.

—Messieurs, commença alors la Norman-

de, pour apaiser les clients qui murmuraient
et regardaient leurs montres, monsieur est le
grand herbagier du pays d'Auge ! Il est plus
riche que M. le marquis de Lablainville et
que M. le comte d'Outremont ! M. Vanier ne
donnerait peut-être pas ses herbages pour le
trône des Napoléons...

— Pour le trône des Napoléons ! souffla le
gros homme, ah si ! bouffre ! je les donnerais
ben !

— Mais non, monsieur Vanier, reprit la
Normande chantonnant toujours, mais non !
je vous dis, moi, que vous ne les donneriez
pas..., et que vous auriez bien tort, encore,
de les donner ! Mon Dieu ! messieurs, il n'y
a plus à dire, bien sûr, ce qu'est M. Vanier.
On peut bien cependant causer tout de même.
N'est-ce pas, monsieur Vanier ? Eh bien !
sur dix camemberts qu'on mange à Paris, —
des bons, des vraies crêmes, de ceux-là qu'on
vend dans des papiers de plomb ! — il n'y en
a pas huit, messieurs, qui ne viennent pas de
chez M. Vanier ! Quand vous allez dans les
châteaux, vous voyez, dans les salons, des

blasons pendus aux murs. Chez M. Vanier,
messieurs, vous voyez, tout autour de la
salle à manger, tous les diplômes qu'il a obtenus dans toutes les expositions ! Il y en a
peut-être plus de cinquante. On n'en voit
plus la muraille ! C'est que c'est aussi beau
que des blasons ! Une mère, voyez-vous, qui
verrait ça chez son fils, elle pleurerait !...
Mais j'y pense, monsieur Vanier, comment
va Monsieur votre fils? Ecoutez, monsieur
Vanier, quel beau garçon !

— Mazette, beau garçon ! hoqueta le gros
homme. C'est que je l'étais, moi, à son âge !
Vous auriez peut-être bien voulu alors que
je vous propose de vous pratiquer.

Et il se lança aussitôt dans un rire pesant
et bête. Il dit des choses crues, sala, poivra
ses mots, polissonna. Il chatouillait les trois
femmes avec des récits de fredaines, et man-
quait nettement de respect aux filles. Les
filles, en l'entendant, rougissaient comme
des tomates, mais, tout en se cachant sous
leurs aunes de toile, elles ricanaient com-
plaisamment. Il finit par s'avancer sur sa

planchette, par approcher sa grosse figure de
leurs joues, par leur passer la main sur les
hanches... Mâtin! Elles avaient de la marchandise! C'est qu'elles étaient bien nourries!
Bigre!... Les filles, de plus en plus rouges,
ricanaient de plus en plus fort. La mère, elle,
n'avait plus qu'un sourire confus et con-
tracté. Elle trouvait très drôle M. Vanier! Il
n'y avait que lui, dans tout le pays, pour
avoir autant d'esprit! Et le gros homme
allait toujours, riait toujours, s'allumait toujours! Il se bavait, en bafouillant, sur le menton. Il aurait pu louer une calèche, y faire
monter les deux joufflues, et les emporter à
Barenton! La mère aurait toujours souri de
son même sourire, et l'aurait toujours trouvé
drôle! On ne pouvait rien prendre en mal
d'un homme plus riche que M. le marquis de
Lablainville et que M. le comte d'Outremont!

... Une catastrophe a brisé, paraît-il, la
vieillesse de M. Vanier, et couvre sa fin d'une
ombre noire. Au retour d'un voyage à Saint-
Jean-sur-Dive, la paralysie l'a saisi et l'a
rendu totalement impropre à l'exploitation

de ses fromages. On voit toujours, dans la
salle à manger de Barenton, les diplômes des
médailles d'or et d'argent, gagnés depuis
trente ans dans toutes les capitales de l'Europe. Elles sont toujours là, dans leurs cadres. se détachant sur les parchemins, belles
en effet comme des blasons, avec des *Vanier*
superbement moulés dans toutes les calligra-
phies, sous les armes des Rois, des Empe-
reurs et des Républiques! Mais il y a longtemps que les herbagiers des environs ne
viennent plus, tous les premiers samedis du
mois, déjeuner là! On ne fait plus de feu,
l'hiver, dans la salle abandonnée, et des taches d'humidité, de petites plaques de moisi,
commencent à ronger, sous le verre, les ef-
figies des souverains.

Pour comble de malheur, le fils de M. Vanier a pris sa succession, et il mange, à Paris,
avec des cocottes, la fortune paternelle amas-
sée dans les camemberts! Le père le sait! Il
voit, dans un avenir horrible, s'écrouler l'empire double-crème qu'il a bâti, et bègue et
tremblant, dans les vagues paroles qu'il peut

encore balbutier, il manifeste avec douleur
qu'il sent l'or lui couler des veines.

Il mourra, sans avoir compris, que ce qui
est arrivé par le bétail puisse s'en aller par la
volaille.

La pauvre grosse Miette était une rebutée, et
même, hélas ! un rebut de la vie. Miette ! Un
joli nom d'actrice à Paris ! Un nom banal de
limousine en Limousin !

Elle avait essuyé, toute petite, un nombre
affreux d'horribles taloches. Il en grêlait de
partout sur la pauvre Miette, grosse lour-
daude, pouilleuse et joufflue, bête à faire ri-
caner les oies, ne désahurissant jamais, et
que chacun giflait tout en se gaussant d'elle.

Quand elle eut seize ans, une dame de
Paris vint un été passer la belle saison dans
le pays et demanda en arrivant, si on ne lui
trouverait pas par hasard une paysanne, bonne
fille, pas trop brusque, et pouvant garder les

7.

enfants. Miette n'avait encore gardé que les dindons! Elle pouvait tout de même faire l'affaire. La dame la prit chez elle, lui fit mettre un barbichet blanc, un tablier blanc, et Miette se mit à rire en se voyant comme ça toute blanche! Elle fut donc, tout l'été, gardeuse de marmaille. Une marmaille déchaînée qu'on lui disait de surveiller, et qu'elle aidait toujours, tout bêtement, à désobéir.

Comment, au printemps suivant, la pauvre Miette, ainsi tournée, pouvait-elle bien être à Paris?

De la manière la plus naturelle.

On lui avait demandé, un jour, si elle voulait y venir.

Elle s'était mise à rire.

En service chez une commerçante?

Elle avait paru éblouie.

Chez une boutiquière des Batignolles!... Pour quinze francs par mois?...

Elle avait répondu oui.

Et c'est ainsi qu'un dimanche sa maîtresse l'emmenait avec elle respirer la pous-

sière de juin, et voir la foule des jours de
fête sur les boulevards extérieurs.

Elles étaient toutes les deux montées sur
le tramway, et là, les bras ballants, écartés
en ailes de cane, comme si elle avait peur de
tomber, la Limousine s'était mise à rire
quand le tramway s'était mis à rouler. Elle
était partie comme ça, sur l'impériale, l'œil
rond, la bouche ouverte, toute rouge, fouch-
trayant tout bas d'admiration, avec sa mine
de pomme fraîche sous son barbichet flottant.

A la fin de la journée, pourtant, si ravie
qu'elle fût, elle se sentait exténuée, la pauvre
Miette ! Elle était comme grisée de cette première promenade dans l'étourdissement de
Paris.

— Mais, ma fille, lui criait la boutiquière
qui la remorquait à travers les voitures, en
revenant du bois de Vincennes, vous vous
faites traîner comme un paquet !

Et Miette, en effet, n'avait plus un souffle
de force. Elle n'en pouvait plus, elle ne tenait plus debout. Si elle s'était écoutée, la

pauvre grosse, elle se serait assise par terre
au coin d'une rue, et se serait mise à pleurer
de chaleur sur le bitume, en songeant aux
pâturages où « *elle allait en champ les dindons.* » Et tandis que, moitié blême, moitié
pourpre, elle suivait ainsi sa maîtresse, les
voyous, autour d'elle, se montraient d'un
geste d'épaules, avec leurs sifflets cyniques,
sa tournure empêtrée de bébé qui trébuche,
et sa tête de poupée déteinte.

Pauvre Miette !

A quinze jours de là, un soir, elle errait
sans place, sans le sou, sans gîte, sans rien,
avenue Wagram.

En un mois de service, elle n'avait laissé
que ruines, dégâts et débris chez la boutiquière. Elle avait cassé une à une, rien qu'en
les prenant dans ses mains, toutes les tasses
d'un splendide et affreux service à thé, ga-
gné aux tourniquets de la foire de Neuilly !

Elle avait démoli un vasistas, mis le feu à
un rideau, inondé un parquet, fêlé un pot-
au-feu, brûlé la paille d'une chaise en posant
une chandelle dessus et en oubliant de l'é-

teindre, abîmé les six couverts Christophle
de la maison en les laissant se désargenter
dans le vinaigre... Elle pleurait, la pauvre
Miette, après chaque désastre, à gros sanglots, et les poings dans ses yeux. Mais les
sanglots ne rempaillent pas les chaises, ne
réargentent pas le ruolz et ne raccommodent
pas la porcelaine.

Un matin, dernier sinistre, on avait trouvé
brisé le globe d'une pendule représentant un
troubadour avec un oiseau sur son poing.
L'oiseau même avait disparu, et ne devait se
découvrir, que le lendemain, au fond de la
boîte aux ordures...

Miette, le jour même, payait la casse,
rendait son tablier.

Et c'est alors que le soir elle se trouvait
sur le pavé.

— Dites donc, lui murmura tout à coup à
l'oreille une voix d'homme qui lui parlait
dans la brune, dites donc, voulez-vous venir,
voulez-vous?

Elle resta stupide, car c'était un *monsieur*,
et elle ne répondit pas non.

***

Monseigneur était l'aumônier de la *Mouette*.
Il avait confessé la reine Isabelle, et con-
fessait l'impératrice. Il avait assez la figure
d'un ténor léger devenu chanoine. Il représentait le demi-clergé.

La gloire de Monseigneur était dans son
plein, le plein d'une belle pleine lune, sans
la moindre échancrure de retour, quand eut
lieu l'inauguration de l'isthme de Suez.
C'était, ou jamais, l'occasion de s'amuser,
et de jeter par-dessus les mâts des navires
tous les bonnets qu'on pouvait avoir. L'Empire organisa une grande excursion navale,
une immense partie de canotage exotique,
et la *Mouette* partit avec la flotte, emportant
des cargaisons de crinolines, et sans oublier
Monseigneur.

Ce fut, durant tout le voyage, un mélange
vraiment espagnol de plaisirs et de dévotions.

Monseigneur joignait ceci, qu'il était pia-
niste, à cela, qu'il était évèque, et il disait,
à bord, sa messe sur un piano. Chaque jour,
le saint sacrifice accompli, on débarrassait
l'instrument de musique de ses tentures con-
sacrées, puis, après avoir rangé dans une valise, l'Epitre, l'Evangile, la nappe et le saint-
ciboire, tout au profane, après avoir été tout
au sacré, Monseigneur entamait une valse
sur l'autel.

Il était absolument impossible de savoir si
on suivait les offices dans la salle de bal ou si
on dansait dans la chapelle.

Or, un matin, le soleil levant surprit la
Cour à la fin d'un souper qui s'était prolongé.
Une idée de quadrille traversa la tête de ces
dames, et Monseigneur, aussitôt, s'assit à l'autel. Il attaqua vigoureusement l'introït d'*Or-
phée aux Enfers*, et les danseuses, pinçant
déjà leurs jupes, s'aiguisaient déjà le bout
des pieds sur le plancher, quand Monseigneur sentit qu'on lui touchait l'épaule.

Il se retourna. C'était le sacristain avec les
burettes.

— Imbécile ! Qu'est-ce que tu fais là ! dit
l'évêque, qui passait à la pastourelle.

— C'est que, Monseigneur, il est l'heure
de la messe...

— Brute ! Mais tu ne vois donc pas que le
quadrille est commencé !

— C'est que, Monseigneur, voilà les matelots qui arrivent.

Ils arrivaient, en effet, par files recueillies,
les bons marins bretons, les pieux matelots
du Finistère, et il n'y avait plus de temps à
perdre pour faire au piano le bout de toilette
dont il avait besoin pour redevenir liturgique.
Ce fut une débandade. Le sacristain sauta
sur la valise, et passa, comme il put, sa chemise au Pleyel; on plaça le ciboire, on tira le
missel de son étui, les danseuses tombèrent
toutes à genoux par terre comme par en-
chantement, et au moment où l'équipage
entra, Monseigneur traçait dans l'air une bé-
nédiction solennelle.

# LE PARNASSE VOLANT

O Littérature, que de couleuvres n'avale-
t-on pas en ton nom!

Les journaux, mensuellement, tambouri-
nent des appels invitant les poètes inconnus
à des tournois de prose et de vers.

Jeunes gens, ne répondez jamais! Voici,
parfois, comment les choses se passent :

Des abstracteurs de menue monnaie, étu-
diants à vérifier, employés problématiques,
ou provinciaux inattendus, organisent des
concours de sonnets et de triolets, à l'occasion desquels ils font distribuer d'humbles

fascicules, intitulés d'ordinaire le *Grillon latin*
ou la *Muse de Ménilmontant*.

\*

Ce qu'il y a de remarquable, dans ces
feuilles de papier pliées en six, c'est la liste
des collaborateurs. Leconte de Lisle, François Coppée, Sully Prudhomme, figurent
sur la couverture.

Le jeune poète se sent tout de suite l'ami
d'un recueil de vers baptisé par de tels
parrains ; il l'ouvre et lit les conditions du
concours : il suffit de joindre à ses rimes
une cotisation de trois francs. En retour, des
prix de cent, de deux cents, de trois cents
francs sont promis aux lauréats, et, par-dessus tout cela, la publication dans un grand
journal ! C'est la gloire, avec de quoi l'arroser !
Aussi, on ne résiste guère. Les sujets, tout

de suite, bouillonnent dans les cervelles,
les images se lèvent, les belles strophes de
cinq vers, avec leurs trois rimes féminines
bien harmonieusement chantantes, et leur
dernier vers qui se pavane, vous résonnent
à grands rythmes dans la tête. L'ode est sur
pied ! On la recopie avec sollicitude, on la
lit, on la polit, on la repolit, puis on la porte,
un jour, aux bureaux du *Grillon latin*.

Le jeune poète, alors, éprouve une première impression bizarre. La revue annon-
çait des bureaux, mais elle n'en a pas. Une
concierge à tête sinistre indique simplement
un escalier fétide ; elle vous envoie au sixième, au fond du couloir, à une porte sur laquelle il y a une carte ; là, on est reçu par
un être ravagé, aux cheveux limoneux, à
l'œil clignotant, aux dents couleur chocolat.

— Les bureaux du *Grillon latin ?*

— C'est ici.

— Monsieur X...

— C'est moi.

— Je venais apporter une ode...

— Très bien, laissez-la.

— C'est trois francs, n'est-ce pas?

— Trois francs... Nous ne donnons pas ordinairement de reçu, mais si vous en voulez un?...

Le jeune poète rougit, et répond par une protestation.

Un mois plus tard, le *Grillon latin* a cessé de paraître. L'ami de Leconte de Lisle, de François Coppée et de Sully Prudhomme a déménagé, et personne n'en entendra plus jamais parler.

Toutes chances de le retrouver sont perdues ! Tout espoir évanoui !

A moins pourtant, qu'on ne le retrouve, un jour, député.

\*\*\*

Il y a une chose que s'obstinent à croire les septentrionaux malicieux ; ces entrepreneurs de joutes en chambre et de régates sous les combles, seraient assez souvent du Midi. Non que le soleil infuse plus de malhonnêteté naturelle à ceux qu'il chauffe, que le brouillard n'en imbibe ceux qu'il enveloppe, mais rien ne ressemble à certains gascons et à certains marseillais, comme une revue qui ne paraît pas et qui a tout de même des abonnés.

Le généreux poète Adolphe Pelleport reçut un jour la visite d'un personnage singulier, venu de province, et désirant s'adresser à lui. Le provincial conquit tout de suite Pelleport par une phrase du patois natal, dite avec l'infernal accent de là-bas, et par deux exclamations enthousiastes, l'une en faveur de Victor Hugo, l'autre en faveur de Garibaldi.

— Comment vous appelez-vous, s'écria
Pelleport.

— Tancrède Lavinotte.

— Et que faites-vous?...

L'inconnu tendit à notre ami une petite bro-
chure de trois pages. On lisait sur la couverture : *Tancrède Lavinotte, candidat au Conseil
municipal de Y... Remerciements en triolets
aux électeurs qui m'ont honoré de leurs suf-
frages.*

Pelleport éclata de rire; il riait encore plus
fort un instant après, en regardant avec un
peu d'attention le bonhomme campé devant
lui.

Une tête rasée de joyeux muletier, vir-
gulée au-dessus des joues de petits favoris à
la curé! Avec cela, un grand haut-de-forme
à poils bourrus, un pantalon de coutil gris,
un gilet à la Robespierre, un habit à queue,
et un parapluie rouge!

— Depuis quand êtes vous à Paris? demanda Pelleport.

— Eh! j'arrive...

— Où êtes-vous descendu?

— Nulle part.

— Je vous emmène !

Hébergé, logé, nourri, abreuvé par Pelleport, qui ne se lassait pas de rire de l'habit à queue, du parapluie rouge, et des remerciements en triolets, quinze jours plus tard, Tancrède Lavinotte lisait à son amphitryon, tout à coup frappé de stupeur, une pièce de vers en faveur du pape !... L'hymne se terminait par ce vers inoubliable :

Et qui donc serait Dieu, si Dieu ne l'était plus ?

— Lavinotte ! tonna Pelleport dans les veines de qui bouillonnait le sang révolutionnaire, mais vous êtes catholique !

— Eh bé ! fit Lavinotte, ce qui me sauve, c'est que je n'en pense pas un mot !

— Alors, vous êtes une canaille !

— Hé non !... Hé non !...

— Mais qu'êtes-vous venu faire à Paris ?...

Il était venu organiser un concours...

Il « voyageait pour jeux floraux ! »

# LA CUISINIÈRE BOURGEOISE

———

Félicitons le grand chancelier de la Légion d'honneur ! Il fait donner des leçons de cuisine aux élèves d'Ecouen et de Saint-Denis.

Avez-vous eu sous les yeux une suite de caricatures, où l'on voit les filles de nos officiers, à toutes les heures, et dans toutes les occupations de leur journée? Au réveil, les bras s'étirent dans les lits, des rondeurs paresseuses se pelotonnent sous les draps. En classe, des minois à chignons récitent du Racine. La gymnastique représente une file de grosses boulottes et de grandes maigres en pantalons

8

d'hommes... Les scènes où ces demoiselles
se trouvent si bien croquées sont dues à ces
demoiselles elles-mêmes, car on leur a toujours donné, à Saint-Denis, une de ces édu-
cations de derrière les chevalets, qui ne
gâtent pas le cœur, et qui vous font le crayon
leste.

Nous nous garderons bien de souhaiter
la suppression des arts dans les maisons de
la Légion d'honneur, mais nous serons en-
chantés que de prochains crayons nous montrent les jeunes pensionnaires en tabliers
blancs, avec des manches de même couleur
coquettement nouées aux poignets et aux
coudes, et remuant des casseroles au milieu
des fumées.

*<br>* *

Un sot préjugé proscrit la cuisine de l'élégance. Vous ne savez donc pas qu'on vend,

à l'heure qu'il est, des tabliers écossais qui,
avec leurs poches ruchées, leurs coupes d'o-
péra-comique, les petites bretelles du haut
et les grandes brides du bas, vous font de
toute femme le plus assassin des Grévins ?
Vous ne vous doutez donc pas de quelle façon une main est jolie sous son gant de
Suède, près d'un fourneau noir, à l'éclat des
cuivres qui chantent ?

Dans un petit appartement, aujourd'hui, la
plus belle pièce est le salon. Quel salon ! Des
meubles en bois blanc qui se disent en bois
des îles ! Des rideaux de coton qui se disent
en soie ! Des flambeaux de plomb qui se disent en bronze ! Le tout pour recevoir des
amis qui se disent vos amis ! La plus belle
pièce, dans un logis modeste, devrait être la
cuisine, une grande cuisine claire et saine,
où la dalle brillerait, où le feu rirait, comme
dans les vieux castels'pauvres, où les gentilshommes campagnards ne rougissaient pas de
leurs rôtissoires.

Mais la cuisine, précisément, est la pièce
sacrifiée, l'endroit dont on a honte ! Un trou

affreux, noir, donnant sur une cour puante
où les eaux grasses pleurent le long des
murs! Un réduit tout de guingois, sans air,
sans jour, en boyau, où les suies et les pous-
sières finissent par déposer une tartre répu-
gnante! Les plus splendides batteries n'y
pendent que tristement à leurs clous, décou-
ragées de reluire, toutes mornes de tant
d'ombre; les poissonnières s'allongent avec
ennui, les fricandeaux semblent s'aplatir
avec dégoût. Les moules à gâteaux eux-
mêmes ne sont plus ronde-bosse. Les beaux
cuivres étincelants, les beaux fers battus ré-
tamés de frais clignotent comme de vieilles
lampes encrassées qui n'ont plus d'huile. Et
ce n'est pas tout! Rien ne peut être bon,
dans ces retiros-là; les plus solides consom-
més y tournent, les plus fines senteurs de
sauce et de coulis s'y compromettent dans
des aigreurs de renfermé, les plus joyeuses
crèmes fouettées y surissent. C'est une mé-
lancolie générale des contenants et des contenus!

\* \*
\*

Nous progressons tout à l'envers. On était autrefois très métaphysicien. On faisait des in-folios sur la Transsubstantiation... On avait tort. Il n'en est pas moins vrai qu'on soignait aussi la matérialité. Nous sommes devenus très matérialistes. Où ce matérialisme nous a-t-il conduits? A la pire de toutes les métaphysiques, à cette métaphysique qui s'appelle la vanité ! On ne va plus à la messe, mais on boit de l'acide sulfurique pour faire croire qu'on a du Madère ! On n'a pas de cuisine pour avoir un salon !

Les femmes, elles, mettent leur élégance à être des hommes. Elles ne vous feront plus griller un bifteack, mais elles vous proposeront une botte à l'épée, se mettront sans

8.

tarder en culottes, avec un as de cœur sur la poitrine, et vous piqueront à la main, en un seul dégagé, en vertu du coup de Jacob. L'omelette leur est inconnue, mais elles sont darwinistes! Elles ont désappris le bœuf-à-la mode, mais elles ont appris le revolver! Si les femmes, pourtant, ne veulent plus être femmes, et si les hommes, d'autre part, ne consentent pas à changer un peu, qui sera femme? Où seront les jupons quand il n'y aura plus que des culottes?

*
* *

La cuisine se meurt, la cuisine est morte! On ne mange plus bien qu'aux tables aristocratiques. Et encore? Quant aux tables bourgeoises, où l'on trouvait jadis, grâce à l'entente culinaire de la patronne, le ragoût soigné, les petits plats médités, toute cette

gourmandise hospitalière, non des grands
dîners où l'on se guinde, mais des réunions
intimes où l'on s'abandonne en se régalant,
ces traditions-là n'existent plus. On s'impro-
vise à présent cuisinière comme on s'impro-
vise· romancier, sans avoir jamais tenu la
poêle ni la plume. Les bonnes, souvent, ne
savent pas faire un œuf sur le plat, sans doute
parce que la cuisine a fini par être aussi con-
sidérée par elles comme une déchéance, et
leurs maîtresses ne peuvent pas le leur apprendre : elles l'ignorent ! Entre ces demoiselles qui ne savent pas, et ces dames qui
ne daignent pas savoir, nous avons le poison
et l'hypocondrie dans nos assiettes, au lieu
d'y avoir la santé et la joie.

Enseignons à nos filles le rôti, la daube,
l'étouffé et les côtelettes en papillotes ! Rien
n'est plus noble  qu'une bonne table où règne une bonne maîtresse de maison. Quand
on saura que Madame doit avoir sa chaise
à la cuisine, les architectes nous reconstrui-
ront de belles cuisines, bien vastes, bien clai-
res, bien honnêtes. Madame, de son côté,

quand elle aura une belle salle à cuire, ne craindra plus d'y avoir un siège, et nous retrouverons alors les mets qui embaument, qui nourrissent, qui vivifient! Nos femmes n'auront plus seulement les grâces pâles que donnent le boudoir et la poudre de riz, elles auront encore les grâces fraîches que font fleurir le lait et le beau sang de bœuf!...

# DOMESTIQUES

C'était une fête, quand nous étions enfants, de revoir, aux vacances, les vieux
visages de nos vieux domestiques !

Avant de jouer avec nous, dans la vieille
maison de province dont ils avaient vu gran-
dir les arbres et se creuser les marches de
pierre, ils y avaient déjà fait jouer notre mère
ou notre père, et chaque année, lorsque nous
revenions, ils avaient presque, en nous re-
trouvant, des attendrissements de grands parents. Ils étaient toujours heureux de se laisser gronder pour nos sottises. Le vieux
domestique inventait des jeux comme per-

sonne, et nous aimions tant à nous pendre à ses humbles et fortes mains! Tout le monde, en arrivant, père, mère, enfants, embrassait la vieille servante !...

Une année, sans qu'on eût besoin de les pré-venir, ils n'osaient plus dire *tu* à *Monsieur* ni à *Mademoiselle*. Ils en étaient bien un peu tris-tes, mais tout en étant fiers de nous voir grands. Depuis trente ans, en effet, ils avaient connu tous les bonheurs de la famille, ils avaient pleuré à tous ses deuils. Quand ils sont morts, eux, les braves et pauvres gens, on ne s'est pas mis en noir, et vraiment, je ne sais pas pourquoi!

\*\*\*

Avec l'étrange et pénible va-et-vient qu'est aujourd'hui la domesticité dans une famille parisienne, ces souvenirs ne sont plus seule-

ment des souvenirs, ils sont des visions d'un
autre monde. A Paris, un valet de chambre, à
trente ans, a déjà fait vingt maisons. Une
fille, à vingt ans, en a fait dix. On ne sait plus
qui on a chez soi. Hommes et femmes, filles
et garçons, ont des conduites détestables, et
des certificats excellents.

On veut des gages toujours de plus en plus
forts, et des services toujours de plus en plus
réduits. L'esprit de défiance, d'hostilité, d'exploitation, s'exaspère. On ne sait pas jusqu'où ne finiront pas par monter les exigences.

Le serviteur, maintenant, se cantonne ai-
grement dans sa spécialité ; la cuisinière rend
son tablier si on s'avise, par hasard, de vouloir lui faire laver une assiette ; la laveuse
de vaisselle rend son torchon si on essaye,
par mégarde, de lui faire repasser les couteaux. Quand une servante se présente dans
une maison, elle toise sa future maîtresse,
voit d'un coup d'œil si madame est légère,
entend d'un mot si elle est économe, mesure
sa vertu, son caractère, les jauge, et sort,

pleine de dédain, refusant la place, s'il n'y a
rien à gagner sur l'alcôve ou sur la table. Il
y a des femmes de chambre qui n'acceptent
une maîtresse qu'adultère. Elles veulent
avoir le *louis de la peau*, comme les cuisi-
nières ont le *sou du franc*.

A la rigueur, je comprends Ugolin man-
geant ses enfants pour leur conserver un
père. Mais un mari donnant un amant à sa
femme pour lui conserver une femme de
chambre !... Il faudra peut-être pourtant en
arriver là. On ne veut plus que des maisons
où il y ait *quelque chose à faire*.

Dans ce tourbillon d'infidélité préméditée
et de convoitises déchaînées, quel attache-
ment serait possible entre maîtres et domestiques ? Même s'il a l'étoffe d'un bon maître,
le maître n'est plus, forcément, et ne peut
plus être qu'un mauvais maître. Même s'il
est de ce bois fidèle, de ce bois rare, de ce
bois précieux, dont sont faits les bons servi-
teurs, le domestique, lui aussi, n'est plus que
détestable, fatalement. Il y a défiance, partant
guerre. Quand un valet de chambre entre chez

un garçon, lorsqu'une cuisinière débute dans
un ménage, croyez-vous que ce soit un service qui commence? Non, c'est un duel ! Un
duel qui dure quinze jours, souvent moins,
rarement plus, et qui finit par un certificat de
bonne conduite, comme d'autres rencontres
se terminent par des procès-verbaux où les
deux parties se rendent hommage.

Ensuite, une fois le balai, les livres de
comptes et les casseroles déposées, le maître
et le valet, la maîtresse et la bonne, passent à
d'autres adversaires.

*
\* \*

La différence des rapports entre maîtres et
domestiques est-elle une affaire de temps?
Est-elle une affaire de lieux? En province,
dans les petites localités, le domestique a
trop visiblement intérêt à lier sa vie à celle

de son maître, pour qu'il n'y ait pas là,
quelque temps encore, de ces bons, vieux, admirables domestiques, qui demeurent quarante ans dans une même famille, et appren-
nent au fils à prendre les nids, après avoir fait
sauter le père sur leurs genoux. Dans les grandes villes, au contraire, dans les centres po-
puleux et troubles, où tout se lave, se cache,
s'ignore ou se méconnaît dans le flot du
nombre, le domestique, d'abord, ne sait pas
lui-même, souvent sur quel maître il tombe.
Il peut fort bien, dès lors, se croire intéressé à
exploiter le plus de maisons possible. Il sait,
dans tous les cas, qu'il aura toujours chance
de retrouver une place.

Le laquais fripon, la soubrette avide, le
domestique infidèle, en un mot, a été, dans
tous les temps, matière à littérature. Il a
donc toujours existé comme type, c'est-à-
dire comme nombre. Turcaret, Frontin,
Crispin, Scapin, que sont-ils, sinon l'éternelle expression de l'éternel domestique?
Les domestiques, sous l'ancien régime, de-
venaient volontiers traitants, ce qui ne révé-

lait pas une longue et patiente probité dans
leur service. Aujourd'hui, ils ne deviennent
guère, à Paris, que propriétaires dans la
banlieue. Il y a décadence. Un certain Crozat,
burgrave de l'Anse du panier, parvint, sous
Louis XIV, à une opulence restée célèbre.
Il passait pour l'homme le plus riche de tout
le royaume, et ne refusait jamais sa bourse à
un grand seigneur. Comme on avait plus
d'esprit que maintenant! On se laissait, alors,
ruiner de bonne humeur par ses gens, on se
faisait ensuite entretenir par eux, et on savait rester leur maître! On avait, ainsi, l'argent sans la fortune. On chantait comme le
savetier, dans l'hôtel du financier!

*<sub></sub>*
  *

Il est bien remarquable qu'entre tant de
*périls sociaux* différents, successivement dé-
noncés par tant de gouvernements divers,
on n'ait pas encore signalé les « Chambres
de bonnes », ces cellules étouffées, étouf-
fantes, ces niches malsaines, ces mines d'en
haut, où servantes et valets n'ont pas la
place de respirer, mais où ils ont celle de
fraterniser et de s'entendre. Les architectes
ont jugé humain et bon d'empiler ainsi tous
les domestiques de dix maîtres différents,
en un seul tas, sous le toit, comme de vieilles
malles ; ils ont fondé, du coup, autant de
sections d'une internationale de la cuisine et
de l'office, laquelle fonctionne et combat.
Le locataire du premier peut lire la *Gazette
de France,* le locataire du second peut lire le
*Soleil,* le locataire du troisième peut lire les
*Débats,* le locataire du quatrième peut lire la

*République française* et le locataire du cinquième peut lire la *Justice*... Leurs servantes
et leurs valets, à tous, ricanent, cancanent
et fusionnent au sixième. De même que la
vie du légitimiste n'a rien de caché pour la
bonne du radical, rien de ce qui touche le
radical n'est étranger au laquais du légitimiste...

Et dans cette maison divisée contre elle-
même, le Domestique est comme Lamar-
tine à l'Assemblée de Quarante-huit...

Il plane !

# GENS DE LETTRES

Antony Prieur, le poète exquis et morbide, dîne en compagnie d'un directeur de journal.

Antony Prieur, dans ses vers, est merveilleusement obscur ; sa Muse est un sphinx tatoué d'hiéroglyphes multicolores, mais le causeur, chez lui, a la conversation limpide, colorée, douce, comme une belle page de Gautier.

Le poète et le journaliste causent, mais le journaliste, bientôt, n'a plus qu'à se taire d'admiration. L'entretien, en effet, roule sur l'Art, et jamais il n'a encore entendu expri-

mer, dans une langue aussi familièrement
pure, des idées aussi nettes dans leur nou-
veauté, aussi simples dans leur lumière.

Tranquillement, presque sans en avoir
conscience, Antony Prieur, comme d'autres
parlent de la pluie et du beau temps, parle
de la peinture, de la sculpture et de la musique, avec une force, une ampleur, une
clarté et une perfection, auprès desquelles
les esthétiques les plus hautes font l'effet enfantin et rococo de la vieille calotte céleste de
Tycho-Brahé auprès de l'envolement astro-
nomique de Laplace. Ce jeune homme doux,
souriant, modeste, expose, avec une facilité,
avec une harmonie miraculeuses, tous les dé-
tails d'une critique supérieure et novatrice
qui projette partout des rayonnements déme-
surés et inattendus. Et c'est une langue si
lucide, si stricte, si arrêtée dans ses sub-
tilités, si *écrite* dans son improvisation cau-
sée, qu'on pourrait se figurer entendre, par
moments, la lecture d'admirables pages igno-
rées, quelque chef-d'œuvre inconnu, digne
de l'immortalité classique! C'est une féerie

surprenante, où, sans s'en douter, tout en croyant ne crayonner que des croquis, un artiste sans émule fait surgir, à chaque coup de fusain, de parfaites figures de marbre et de parfaites figures de bronze.

Le directeur de journal est ébloui.

— Monsieur Prieur, s'écrie-t-il, je vous engage !

— Bien, dit Prieur, et que faudra-t-il faire ?

— Rien de plus simple ! jetez-moi seulement sur le papier ce que vous avez dit ! Apportez-moi demain, par écrit, ce que je viens d'entendre !

— C'est entendu, à demain, dit le poète.

— A demain ! s'écrie le journaliste.

Le lendemain, en effet, le directeur de journal reçoit un manuscrit. Il court vite à la signature. C'est l'article d'Antony Prieur... Mais quoi donc ! Est-ce bien de lui ?... Oui !... Mais qu'a-t-il donc envoyé là ? C'est impossible !... Il s'est trompé ! Un titre qui, à première vue, n'a aucun rapport avec le sujet ! Des mots qui n'ont aucun lien entre eux ! Des

assemblages d'une harmonie sobre et curieuse, des voisinages euphoniques, une distribution très musicale des longues et des
brèves, des muettes et des diphtongues, mais
pas une phrase, pas un membre de phrase,
dont on puisse seulement apercevoir le
sens? Et pas un verbe! La guerre aux auxi-
liaires !

On sent bien qu'il y a, là-dessous, quelque
chose d'extraordinaire et de génial. Certaines
formules semblent trahir un maître, certains
reflets d'images annoncent des pierreries de
style. Mais c'est l'incompréhensible! On ne
parvient pas même à deviner! De tout l'admirable exposé de la veille, de toute cette
clarté, de tout ce chef-d'œuvre, on ne recon-
naît plus rien! Ce n'est plus en apparence
que des mots, des sons, d'impénétrables com-
binaisons de substantifs et d'épithètes. On se
sent dans un palais plein de trésors, mais
sans fenêtres, où ne blanchit même pas le
vitrail d'un jour de souffrance, et dans cette
nuit, seulement, on soupçonne, par instants,
des merveilles, aux mystérieuses et faibles

vibrations de cristal et d'or qui vous murmu-
rent aux oreilles.

O Poète des quintessences perverties ! Mystérieux poète incompris, figure douloureuse
et charmante, tu brilles, dans notre pourriture, comme le diamant dans la houille ! Tu
es la larme de cristal noir jaillie de notre dé-
composition, le pur carbone qui scintille dans
la cendre des siècles morts !

Une guerre au couteau, à la hache et au
canon s'est ouverte entre deux « gens de lettres ». Duel stupéfiant, où l'un des deux
adversaires est presque illustre, où l'autre est
presque célèbre ! Duel fratricide entre deux
hommes bien élevés, à la face de cinquante
mille lecteurs bien élevés ! Duel entre deux
écrivains de talent, honorables, honorés, et

dans lequel l'un des deux cherche à convaincre l'autre de n'être qu'un filou!

Le filou, en général, est un être affolé par le besoin d'expédients, ou dans tous les cas besogneux. Un homme d'esprit, qui a des rentes, une belle réputation, ne commet pas une escroquerie comme on vide un verre de Bourgogne.

Qu'un pleutre illettré, enrichi dans la spéculation, se fasse traîner de son hôtel à Mazas, c'est une chute qui se voit. Encore, le plus souvent, ne court-il ainsi à sa perte que lorsqu'il se sent déjà perdu d'ailleurs. Mais un écrivain applaudi, adulé, riche, ayant un public et des amis, un écrivain heureux, regardé, irait se laisser tomber au rang d'un tripoteur aux abois, pour des questions de fiacre, et des réclames en nature?

On verrait, désormais, un homme finir en même temps dans un château, à l'Académie et sur les bancs de la police correctionnelle?

Ce serait, alors, par amour de l'art!

Ce serait du désintéressement!

Les inimitiés entre écrivains sont atroces.

Il faudrait, cependant, prendre garde. Les
bourgeois inclinent déjà à considérer les
gens de lettres comme des êtres d'une mali-
gnité bizarre, cyniquement vicieux, et qui
sont un peu, parmi les hommes, ce que les
filles sont parmi les femmes. On ne lève
l'excommunication que pour les académiciens. Mais si les académiciens eux-mêmes,
maintenant, sont des escrocs, que va-t-on
raconter des autres? Nous allons tous passer
pour des mendiants, élevant leurs fils pour le
bagne et destinant leurs filles à la prostitution.

Cet homme, après tout, ne fut-il pas simplement comme les autres hommes, ayant sa
dose de bon et de mauvais, l'actif et le passif
de sa vie? Il représentait, ne vous y trompez
pas, aux yeux des gens du monde, ce qu'il y
avait de mieux dans les Lettres. N'allez donc
pas crier sur les toits que ce qu'il y a de
mieux dans notre monde vole des casero-
les et des courses de voiture! Le jour où on
croirait qu'un académicien a volé des batteries de cuisine, on croirait, du même coup,

que nous volons tous des sous dans les
troncs des églises.

Avons-nous le cancan facile ! Nous sommes
nos propres historiographes, et l'historiogra-
phie n'est pas belle. Si les lions savaient
peindre !... Pourquoi les bourgeois ne savent-
ils pas écrire ? En attendant, je comprends
Platon. Il voulait bannir les poètes de sa République, et il avait raison. C'était de crainte,
sans aucun doute, qu'ils ne parvinssent à
persuader aux Athéniens qu'il n'y avait plus
un seul honnête homme dans Athènes.

\*
\* \*

Les révolutionnaires haïssent Dumas fils,
d'une haine noire, d'une haine intarissable,
et qui, depuis quinze ans qu'elle coule, ne
s'est pas encore éventée,

Cette haine n'est pas sans raison. Chacun
se rappelle la lettre écrite par Dumas fils sur la
Commune. Supposons, cependant, qu'il ne
l'ait pas écrite, cette page de guerre civile,
ceux qui le détestent, le détesteraient-ils
beaucoup moins? Non! On ne lui jetterait pas
des pierres, mais on lui jetterait des pommes
cuites. Les pierres, pour lui, valent probablement mieux; c'est plus dur, mais c'est
plus propre.

Eh bien! cette animadversion persistante,
cette horreur quand même ressentie par des
socialistes pour un auteur qui, après tout, en
dépit de tout, est un socialiste, voilà qui est
typique et singulier! C'était sous une excommunication du même genre que les révolutionnaires damnaient autrefois Emile de
Girardin. Au lieu de s'amuser à monter en
nouvelles à la main les fautes de l'homme, on
eût mieux fait, pourtant, de profiter des travaux et des idées de l'ingénieur en révolution; il allait loin, et voyait de haut! Il y a
de lui, tel petit livre, l'*Égalité des enfants
devant la mère,* qui en dit plus long, qui

en réalise plus gros, que tout ce qu'on a écrit
là-dessus depuis cent ans. On aurait pu lui
prendre, à ce novateur, le point de départ,
sinon la conception entière, de plus d'une ré-
forme. Mais non ! On jugeait intelligent de
l'appeler bâtard, et de lui jeter à la figure le
sang des couches de sa mère !

\*\*\*

La République actuelle n'est pas la République, c'est vrai ! La démocratie où nous vi-
vons n'est pas la Démocratie, c'est encore
vrai, mille fois vrai ! Nous n'avons qu'une
parodie crottée de la monarchie constitutionnelle, jouée par des cabotins goulus, vidant
les plats et les pots ! Nous n'avons que la
goinfrocatie, la goujatocratie, la loufocratie,
la pornocratie et la saltimbanquocratie ! Mais
à qui la faute ?

Si la République ne doit être qu'une ba-
garre où chacun, armé des vieux préjugés
pris dans les vieilles lois, comme on s'arme-
rait de vieux fusils pillés dans un arsenal,
n'a qu'à frapper, taper, cogner, qui pour se
coucher dans un lit de ministre, qui pour
rouer de coups celui qui s'y couche, qui pour
nettoyer les buffets pendant la bataille, alors
c'est bien, sautons, braillons ! Mettons en
joue les vieux fusils ! Tapons avec les vieux
préjugés ! Chacun pour soi, tous pour rien !

Mais si la République doit être un monde
nouveau, avec une autre organisation de la
propriété, avec une autre constitution de la
famille, avec une morale plus morale, avec
une justice plus juste ; si, peu à peu, pro-
gressivement, nous devons marcher à un
avenir où ce qui, alors, sera l'ordre, s'éloi-
gnera autant de ce qu'on entend par là, aujourd'hui, que le Louvre, actuellement, est
loin de la hutte du sauvage, ne traitons pas
en ennemis, implacablement, les hommes
qui apportent des pierres à la construction de
la future maison humaine. Les Droits de

l'Homme proclamaient citoyen français l'é-
tranger qui avait adopté un enfant ou un vieillard. Républicains, ouvrez donc votre République à ceux qui lui apportent des idées !
La politique pure, avec ses compétitions, ses
polémiques, les ambitions qu'elle déchaîne et
les retentissements qu'elle jette, n'a, la plus
part du temps, que l'intérêt d'une course de
taureaux, avec ses sauts de perche et ses
éventrements. Il serait temps de comprendre
qu'il faut, à la fin, des réformes, et non des
parades cacophoniques, des philosophes et
non des picadores, des esprits, non des
spadas !

Il y a longtemps qu'on l'a dit : la Montagne, en 93, a sauvé la France, mais la Gironde seule pouvait fonder le régime nouveau. Voilà quatre-vingt-douze ans que la
Montagne ne sauve plus rien, et nous guil-
lotinons toujours la Gironde !

*<br>* *

Et Rochefort trouve que Dumas fils ne sait pas faire une pièce de théâtre.

L'auteur de la *Vieillesse de Brididi* est sans pitié pour l'auteur du *Demi-Monde*.

Rochefort, il est vrai, en sortant un soir de l'Odéon, appréciait *Othello* en ces termes :

— Mon cher, ces machines-là, ce ne sont pas des pièces! C'est assommant! Ça ne tient pas debout! Cet Othello, on ne peut pas s'expliquer ce qu'il a! Mais qu'est-ce qu'il a?... *Si encore elle l'avait trompé!*

# LE REPAS DU FORÇAT

*A Edouard Drumont.*

M. Albert Volff raconte une touchante et singulière histoire : un déjeuner, offert par le vieil abbé Crozes, l'ancien aumônier de la Roquette, à deux forçats revenus du bagne !

A l'époque où ils avaient été condamnés, et où ils étaient devenus pour la société, des scélérats immatriculés dans l'infamie, ces misérables, sous la réprobation qui les chassait, avaient encore trouvé un ami. Cet ami leur avait parlé comme à d'honnêtes gens, leur avait souri, pris les mains sans horreur.

« Le crime n'est qu'une chose humaine !
avait-il paru leur dire. Il n'est pas de crime
qui ne puisse avoir son pardon, car il n'est
pas d'homme dont on puisse dire qu'il n'aurait jamais été criminel... Vous êtes des as-
sassins, vous êtes des voleurs. Après tout,
vous n'êtes que des hommes. »

Puis, cet ami vêtu de noir avait ajouté
que, pendant leur absence, il pouvait se
charger de leurs affaires, s'ils en avaient.
Si, par hasard, ils laissaient une femme, une
mère, un enfant, un être quelconque, il
pouvait le voir et leur en envoyer des nouvelles. Et le prêtre, effectivement, l'avait fait
comme il le disait. Aussi, les vingt ans
passés, les voleurs revenaient embrasser leur
ami l'aumônier. Ils le trouvaient blanchi ; il
les trouvait vieillis ; mais on se reconnaissait
tout de même ! On se rappelait, on causait,
et on déjeunait ensemble.

*<sub>*</sub>*

Je voudrais pouvoir citer, à l'actif du monde démocratique, dans l'histoire de ces quinze années, un trait semblable.

Je donnerais toutes nos victoires électorales pour une anecdote de ce genre en l'honneur de la République. Je rendrais aux monarchistes tous les postes, toutes les places, pour sentir parmi nous un évêque Myriel ou un abbé Crozes.

L'un des vices les plus néfastes de la génération qui possède aujourd'hui, sous une forme quelconque, le pouvoir ou l'autorité, est ce mépris ignorant et bête qu'elle professe pour tout ce qui ne rentre pas dans son petit matérialisme de Vaudeville. Au lieu de bafouer, au hasard du calembour, de la loi ou

des besoins électoraux, tout ce qui portait un
caractère de catholicisme, il eût été plus intelligent d'observer avec conscience cette puissante forme religieuse, et de voir que, pour
être l'œuvre de prêtres, elle n'était pas absolument une invention d'imbéciles. Il y avait
une grande et belle idée démocratique à comprendre et à remettre en œuvre, dans l'hé-
ritage du Christianisme, c'était cette charité qui aimait jusqu'aux criminels, cette
puissance de pardon purificateur qui pouvait
rendre la blancheur morale à l'inceste et la
sérénité à l'homicide. C'était cet admirable
et mystérieux esprit évangélique qui voulait
la porte de l'enfer toujours fermée, et la porte
du ciel toujours ouverte. C'était cette faiblesse
pour la faiblesse humaine.

L'immense force du catholicisme fut précisément de prendre cette faiblesse de l'homme
pour la raison génératrice de sa morale, et la
faiblesse latente de la Démocratie est justement dans l'insensé et prétentieux orgueil
qu'elle tend à donner à l'homme de lui-même.
On aura beau dire, beau écrire, beau faire,

la défaillance sera toujours l'habitude de
l'humanité, et toute doctrine, tout système
qui n'en tiendront pas largement compte,
ne seront ni une doctrine humaine, ni un
système humain.

La défaillance, le catholicisme la déifiait.
Il y avait là, sous ces mythes et sous ces
légendes, une pensée dont il fallait saisir la
vertu démocratique. Ce n'était pas d'un génie
borné d'avoir su faire, du crime même, une
raison d'espérance, et d'avoir mis ainsi un
ressort dans la chute.

A cette heure, chez nous, où est la loi
indulgente au coupable, la loi tendre au criminel? Où est le pardon? Où est la réhabili-
tation offerte? Chose absurde et triste! nous
avons conservé, dans nos codes, sur l'étiquette
de nos mœurs, toutes les sévérités de la religion, et nous en avons écarté les adoucisse-

ments. Nous avons naturalisé laïques une
foule de rigueurs chrétiennes, et nous ne
nous sommes approprié aucune des clé-
mences, aucune des miséricordes du christianisme. Nous n'avons plus un reproche
pour le vice, ni même pour le crime, tant
qu'ils sont cachés. Mais nous n'avons plus
une pitié pour le coupable, une fois qu'il est
découvert. Nous voulons pouvoir tout faire,
tout commettre, et nous voulons, en même
temps, être pris pour de petits saints ; nous
n'avons plus que la vanité de la morale, et
nous ne sommes plus, aussi, que des vicieux implacables pour le vice, des criminels implacables pour le crime.

Dans dix ans, nous assisterons peut-être à
ce spectacle : il y aura toujours des condamnés à mort, ils marcheront toujours à l'échafaud, mais il n'y aura plus personne pour
leur donner le baiser suprême.

Je vous délivre d'une bête féroce, disait
Voltaire en parlant de l'Eglise, et vous me
demandez par quoi je la remplace ! Le Catholicisme, par certains côtés, pouvait être

comparé à une bête fauve, mais il pouvait aussi, par d'autres, être comparé à un
ange. Nous avons gardé la bête fauve, et
nous avons supprimé l'ange.

\*\*\*

Quelqu'un a poussé ce cri : « Ohé ! les races
latines ! » Dans le vaste monde moderne,
dans ce monde grouillant, nombreux, détra-
qué, sans ciel au-dessus de lui, sans terre
solide sous lui, troublé, sans limite, sans
espérance, je me demande quel est le parti,
la secte, les anciens ou les nouveaux, les
écrasés ou les triomphateurs à qui la voix de
quelque passant sceptique ne pourrait pas
jeter ce cri sonore et familier, cet avertisse-
ment et cette ironie !

La démocratie, telle que la fabriquent les
sots, les myopes, les plaisantins et les cali-
borgnes de la seconde moitié de ce siècle, a
un vice rédhibitoire, plus funeste dans une

démocratie que dans tout autre état social :
elle n'est pas humaine. Au lieu d'être le
résultat indéfiniment élargi des efforts, des
manifestations et des idées de tous les siècles,
depuis que les hommes souffrent et que les
Christs meurent, elle n'est qu'un régime
d'aisance à l'usage de quelques centaines
de tyrans et de quelques centaines de bouf-
fons !

Elle n'est pas vertueuse, elle n'est pas
indulgente, et je ne sais pas à quelle table,
dans l'avenir, un forçat pourra s'asseoir,
quand il reviendra du bagne.

## LA « MAISON »

———

Ne dites plus, désormais : « la Maison de
Molière ». Dites avec grâce : « la Maison ».
On ne dit pas, en effet, si on se respecte un
peu : « le Bois de Boulogne ». On dit : « le
Bois ». On ne dit pas non plus : « le Jockey-
Club ». On dit : « le Jockey ». On ne dit pas
davantage, à moins d'être de très mauvaise
compagnie : « cher ami ». On dit : « cher... »
Pour toutes ces raisons, encore une fois,
dites correctement : « la Maison ».

*\*\*

L'entrée en fonction — j'allais dire l'in-
tronisation — d'un administrateur général
de la Comédie Française provoque toujours
une satisfaction unanime. Elle répand un
bien-aise universel. On ne trouve plus, de la
Madeleine au Château-d'Eau, une seule fleur
sur les marchés ni dans les boutiques ; on les
a toutes jetées au nouvel administrateur de
« la Maison ». Les journalistes se sentent
agréablement émus, les auteurs planent dans
l'espérance. Les bustes de la Comédie dé-
roulent, comme des bienvenues, leurs files
de sourires ; le fauteuil directorial lui-même
semble avoir les bras plus ouverts qu'au
temps des prédécesseurs.

Il est facile, dans la circonstance, d'analyser

les marques de ce contentement général. Lorsqu'arrive un nouveau monsieur Perrin ou un
nouveau monsieur Thierry, chacun ne pense
qu'à se le ménager ; on veut être bien reçu,
le jour où on ira lui porter une pièce, ou
même lui demander des billets ; c'est à qui
sera en mesure de lui réclamer, dans un
délai plus ou moins bref ou plus ou moins
long, la monnaie d'un éloge, d'un dithy-
rambe ou d'un faible écho bien senti. On
sème la sympathie, pour récolter la reconnaissance. Mais à ces raisons foncières, véri-
tables bases d'un bon accueil, s'en joint une
autre, c'est le plaisir muet, ou de condo-
léance, que vous occasionne toujours la dé-
convenue des candidats évincés. On pardonne
son bonheur à l'élu en faveur du désagré-
ment où il plonge les concurrents malheureux, dont on ne parle plus pendant huit
jours qu'avec ironie.

*
* *

Adressons ici une supplication au roi
constitutionnel du royaume de Molière, de
Corneille, et de M. Pailleron.

Qu'il tâche d'en bannir la « distinction » !

La « distinction », en elle-même, est une
chose aimable et exquise, mais à une condition : la « distinction », pour rester fidèle à
ce qu'elle signifie, ne doit pas être vulgarisée,
apprise comme une leçon, revêtue comme un
uniforme ; elle ne doit pas devenir commune,
ce qui est singulier pour de la «distinction»,
et tout le monde, en un mot, ne doit pas être
indistinctement distingué.

Rue Richelieu, tout le monde est distingué! Les acteurs sont distingués, les actrices
sont distinguées, le portier est distingué! Les
contrôleurs sont distingués, la caissière est

distinguée, les pompiers sont distingués, les
ouvreuses sont distinguées, l'avertisseur est
distingué, le timbre de la sonnette est distingué !.. La distinction, sur ce point de Paris,
entre sept heures du soir et minuit, est si
contagieuse et si générale, qu'on n'y voit
plus, en réalité, de vraiment distingué, c'est-
à-dire se distinguant des autres, que le vieux
vendeur de l'*Orchestre !* Lui, du moins, il
patauge sous une houppelande et un chapeau effroyablement crasseux ; il porte des
lunettes vertes, et il a une tête de perroquet
ivre !

Cette « distinction », qui saisit tous les
artistes et tous les employés, dès qu'ils ont
franchi le seuil de l'Administration, — elle
les quitte, il est vrai, dès qu'ils l'ont repassé
pour s'en aller — cette « distinction » impé-
rieuse et dévorante a produit littérairement
des ravages considérables. Elle tronque le
texte de Molière, elle en éteint le style, elle
y ôte les mots manquant de distinction ; elle
affaiblit insensiblement la tradition même du
grand comique, lequel tenait à honneur de

rire pour les honnêtes gens, mais n'avait pas
prévu les gens distingués.

— Mais enfin, demandait un jour un
homme distingué, on dit que M. Perrin ex-
purge Molière afin de ne pas nous choquer.
En quoi le vrai Molière nous choquerait-il?

— Vous ne connaissez donc pas le pro-
verbe? répondit un homme manquant de
distinction: « On ne doit jamais parler de
corne dans la maison du cocu. »

Il est perpétuellement question d'une reprise d'*Hamlet* dans la « Maison », mais la
reprise, jusqu'à présent, n'a jamais eu lieu.

Rien n'est plus simple.

Il y a, dans *Hamlet*, une scène assez connue où un fossoyeur présente un crâne au
prince de Danemark... On n'a pas encore pu
trouver, rue Richelieu, un acteur qui n'ait
pas l'air de lui offrir une tasse de thé.

# LES FEMMES

*A Charles Bigot.*

L'un des symptômes les plus effrayants de l'engouffrement final où nous nous ruons, c'est la prétention des femmes à vouloir être des hommes. Les hommes eux-mêmes ne semblent pas trouver trop à redire !

Nous périssons d'égalité mal comprise et mal appliquée. Egaux, nous le sommes tous, mais seulement devant certaines lois ! Nous ne le sommes pas, nous ne le serons jamais,

devant les mille modifications, devant les mille
situations de la vie. Un poète et un cordon-
nier ne sont pas égaux devant une ode à
rimer et une paire de bottes à coudre.

Tout le monde a la prétention d'être tout,
de savoir tout, de pouvoir tout. Les échappés
de collège se croient des expériences de
vieillards, et les vieillards des gourmes de
lycéens. On pontifie à vingt ans, et on polissonne à soixante-quinze. Le potache dont le
nez sent encore les chandelles de son enfance
pense en savoir aussi gros que les vétérans
de l'étude et de la vie; le barbon qui exhale
déjà une odeur d'extrême-onction se flatte
d'en pouvoir aussi long que le bachelier fraî-
chement sorti de la Sorbonne.

La prétendue égalité de l'homme et de la
femme rentre dans ce genre de délire égali-
taire.

On en est venu à ne plus trop rire quand
des aliénés vous déclarent qu'il n'existe pas
de différence entre les femmes et les hommes.
Vous serez taxé de réaction, inscrit sur une
liste d'otages, collé au mur, s'il vous arrive

jamais d'observer, par hasard, qu'un homme
n'est pas une femme, qu'une femme n'est pas
un homme, et qu'ils ne chevauchent pas exactement le même sexe dans la nature.

*
* *

Des journalistes sensibles demandent, avec
des chevrotements de style, l'égalité des
âmes. Ils demandent simplement que les
gens, désormais, se servent de leurs mains
pour marcher, et de leurs pieds pour donner
des poignées de main.

Il y a, naturellement, autant de différence
entre le rôle de l'homme et celui de la femme
dans le corps social, qu'entre ceux des différents membres, dans le corps humain. Il y a
deux sexes comme il y a cinq sens. Il y a la
femme et il y a l'homme pour l'accomplissement de certaines fonctions morales différen-

11

tes, comme il y a l'ouïe et comme il y a la
vue pour l'accomplissement de certaines fonctions physiques bien distinctes. Un œil vaut
une oreille, et une oreille vaut un œil. Qui
le nierait? Mais quel halluciné a jamais pré-
tendu, sous prétexte d'égalité, qu'on voyait
avec l'oreille et qu'on entendait avec l'œil?
Si les deux sexes étaient égaux comme on
veut l'entendre, ils cumuleraient, et comme
la nature ne cumule pas, il n'y en aurait pas
deux, il n'y en aurait qu'un!

Où es-tu, bon sens de Rabelais et de Ma-
thurin Regnier?

Avez-vous remarqué ce qui se passe,
quand un homme fait parler de lui, ou lorsqu'une femme fait parler d'elle?

L'homme, on le juge sur son talent, ses
actes, ses intentions, ses paroles, en un mot
d'après ses œuvres. La femme? On se de-

mande d'abord, et avant tout, si elle est brune,
blonde, vieille, jeune, grasse, maigre, laide
ou jolie. La première idée qui vient au public — même au public-femme — lorsqu'une
femme provoque la publicité, c'est une idée
de gaillardise.

Voltaire n'était pas un simple goujat; il
s'est cru permis, cependant, de lever la jupe
de Jeanne d'Arc. Danton, Robespierre, Saint-
Just, sont morts insultés, mais ils ne sont
morts qu'insultés, ils étaient des hommes!
Charlotte Corday a marché à la guillotine
au milieu des obscénités, elle était une
femme! L'homme, en faisant parler de lui
remue la curiosité, l'admiration ou la haine;
la femme, en se montrant un peu trop, en se
nommant un peu trop haut, remue la bes-
tialité et le vice. C'est triste, c'est odieux!
C'est ainsi.

La femme est faite pour la vie intime, pour
la vie que personne ne voit, ni ne doit voir,
pour le *home*, pour l'intérieur. Quand elle en
sort, elle commet un acte contre nature. La
femme qui s'exhibe, revendique, qui poli-

tique, est un monstre. Le mot *publique* s'ac-
colle toujours mal à une femme. Conféren-
cières, femmes politiques, femmes à tapage?
Femmes publiques!

Il faut bien que les femmes le sachent!
Une femme en vue est une femme qu'on
déshabille! C'est une outragée, c'est une
femme toute nue! Rappelez-vous les caricatures qui suivent les révolutions. Ce qu'on
caricature, chez le roi, c'est le nez, l'œil, le
menton, la moustache... Ce qu'on caricature
chez la reine, c'est la poitrine, c'est le ventre, c'est la croupe!

Les caricatures du roi ne sont que des caricatures. Les caricatures de la reine sont
des caricatures obscènes.

Et la reine, pourtant, est souvent une honnête femme. Peut-être même est-elle une
vraie femme, craignant le bruit, la lumière
trop vive, ayant su, même dans un palais,
se faire un intérieur impénétrable, sanctifié
de silence et d'ombre. Mais elle est reine, et
cela suffit. On la connaît, on la nomme!
Elle est chair à prostitution!

***

Ah! Madame, vivez pour votre intérieur, et ne vivez que pour lui! Vivez pour vos enfants, pour l'homme qui est à vous et à qui vous êtes! Soyez mère, soyez épouse, soyez maîtresse! Mais ne soyez que cela, et soyez-le tout bas, bien bas, afin qu'on ne le sache pas trop, afin même qu'on n'en sache rien! Vous avez pour mission d'être le bonheur, et le bonheur ne s'affiche pas. Vous avez pour devoir d'être la pudeur, et la pudeur ne va pas criant par les rues. Vous avez pour rôle d'être la douceur, et la douceur ne veut pas l'éclat. L'Oriental, en ne souffrant même pas qu'on entende la voix de sa femme à travers le voile, est moins fou que l'Occidental, flatté que tout le monde couche en imagination avec la sienne.

Oui, la femme qui s'agite, qui pérore, qui

bat le rappel, c'est la violation des lois et des
fonctions naturelles. C'est une espèce de so-
domisme, et voilà pourquoi on en rit tant !
Renoncez donc, Madame, à la tribune, à
toute tribune, et ne montez pas tant sur l'es-
trade. Si vous ne savez ce qu'on dit de vous,
vous êtes une folle, et si vous le savez, vous
êtes une fille, fussiez-vous vierge, car ce qu'il
vous faut, alors, c'est l'épouvantable caresse
des cent mille mains du Public.

# SUR LES FACES DES PIÉDESTAUX

*A L. Welden Hawkins.*

On dit que la population décroît, ce n'est toujours pas la population des statues. Jamais nous n'avons fait tant de grands hommes et si peu d'enfants !

*<br>*

Une visiteuse inconnue, un matin, entre chez vous, pauvrement mise, n'indiquant rien de classé dans l'ordre social, tenant le milieu entre la femme laide et la vieille fille.

L'inconnue, cependant, vous remet sa carte,
un mauvais petit morceau de carton jauni.
Avec une surprise extrême, vous y lisez un
nom illustre... Vous avez devant vous, en
effet, la fille d'un savant, d'un grand homme,
dont la biographie est dans tous les diction-
naires, et sans qui l'humanité eût peut-être
marché moins vite d'un siècle ou deux. Alors,
tandis qu'elle vous parle, vous êtes pris de
respect pour cette descendante, qui vient en
solliciteuse. Elle a je ne sais quoi d'innocent
et d'évaporé, d'illuminé et de nécessiteux.
Elle parle avec aplomb, parce qu'elle est
exaltée; elle se monte, elle s'excite, elle cherche fébrilement des papiers dans ses poches,
sous son manteau minable de plaideuse de
comédie, dont on dirait qu'elle porte les sacs,
et dont elle a le geste qui s'embrouille...
Une flamme étrange, pourtant, humble et
fière, luit dans ses yeux...

Elle est venue demander votre souscrip-
tion à la statue qu'on élève à son père.

*<br>* *

Quand vous entrez dans cette maison de
province, au jardin morne comme un cime-
tière, au salon froid comme un parloir, vous
vous sentez une tristesse d'hiver dans les os.
Un ménage morose habite ce logis, comme
des momies sous leur pyramide. La main du
mari a le froid de la dalle de l'antichambre ;
le front de la jeune femme, sous ses bandeaux noirs, ressemble au jour assombri des
fenêtres. Ils ont, l'un et l'autre, la peur des
journaux, de la politique, des livres ! Leur
gravité est de l'assoupissement, leur vertu est
de la congélation, leur religion un grelotte-
ment spirituel.

Eh bien ! ce sont les enfants d'un de ces
puissants semeurs de vie qui parcouraient le
monde en y jetant leur parole. Mais, chut !
Ne parlez pas de cet ancêtre torrent devant

11.

cette postérité glaçon. Vous verriez peut-être
un signe de croix éloigner de cette maison
morte le nom de l'immortel aïeul.

*
* *

Celui-là, c'est le descendant ridicule.

Dans l'espèce de brouillard que produisent
autour de lui une bêtise et une vanité con-
densées, il confond le génie de son père avec
un commerce d'épicerie, dont il se considère
comme obligé de prendre la suite. Parce que
la gloire, une ou deux fois peut-être, a pu,
avec certains noms, ressembler à une raison
sociale, il a pensé qu'il en serait toujours
ainsi. Il continue donc la maison; il s'imagine
même qu'il l'agrandit. D'illusion en illusion,
le bon jeune homme — car il est bon — en
arrive insensiblement à une folie douce. Il a
commencé par se dire qu'il avait dans les
veines du génie paternel; il s'est dit ensuite

qu'il ne descendait que de lui-même ; il a
fini par croire que son père descendait de lui.

Il ne se met même plus dans les bottes du
grand homme... Elles sont devenues trop
petites pour ses pieds.

\*\*\*

Les huissiers collent leurs affiches à la
porte de cet hôtel. Un reporter passe, lit, et,
triomphant de sa trouvaille, tire vite son
carnet pour prendre des notes. On vend,
effectivement, la veuve d'un grand peintre,
d'un artiste dont on parle, depuis sa mort,
comme on parle de Rubens et de Véronèse...
Sa veuve ? Tiens ! Mais il avait donc laissé
une veuve ? Personne n'avait jamais parlé
d'elle. La renommée de son mari est immense, cependant. Nul n'a peint, comme lui,
la vie contemporaine. Personne ne l'a saisie,

avec la même puissance de dessin, la même
palpitation de couleur, dans tout ce qu'elle a
de subtil, de fardé, de maladif, dans ses hy-
péresthésies que tout effare, dans ses atonies
que rien ne réveille. Et personne ne se dou-
tait qu'une femme portàt ce grand nom ! Elle
est, il est vrai, si peu faite pour y répondre,
cette femme, qu'on ressent, en la voyant,
ce qu'on éprouve dans les coulisses d'un
théâtre en y rencontrant le costume de Galilée
ou de Christophe Colomb portés par des figu-
rants. Depuis quinze ans, avec cette femme,
l'hôtel où l'artiste est mort, où il avait travaillé, n'était plus rempli que d'une bohème
basse, illettrée, fétide. La maison eût été illustre, si elle était restée vide... Il a fallu,
pour qu'on en reparlât, que des huissiers
vinssent y afficher un nom qu'on lisait sur
les monuments.

Le grand homme avait épousé sa bonne.

.

*<br>* *

O spectacle des astres ternis par leurs sa-
tellites !

L'aïeul regardait la vie avec triomphe
et ses enfants la regardent avec stupeur.
L'esprit de goguette habite la maison où
passait le souffle de la Bible ! Des cocodettes
et des canotières sont sorties des patriarches !
Plus d'une Thérèse survit à plus d'un Rous-
seau !

Les gloires enfantent leur souillure ! Ce
sont les excréments de l'aigle !

# LE TAPEUR

---

L'*Emprunteur*, appelé *tapeur*.dans l'argot du boulevard et des ateliers, mériterait une entomologie. Que de spécimens à classer, à établir !

Et d'abord, pour nous en tenir aux grandes lignes, il y a l'emprunteur qui rend. Il est très rare, et ne figure pas dans la collection du Jardin des Plantes. Cependant, il existe. Il y a, ensuite, l'emprunteur qui ne rend pas, beaucoup plus commun, celui-là, et figurant généralement dans toutes les collections particulières.

Mais ces deux classes se subdivisent elles-
mêmes en une foule de catégories : l'emprunteur qui rend, parce qu'il le peut, ce qui est
déjà, je vous prie de le croire, très gentil ;
l'emprunteur qui rend, bien qu'il soit pauvre, ce qui se voit, et ici, lecteur, ôte ton
chapeau, tu es en face d'un honnête homme ;
l'emprunteur qui ne rend pas, après mariage
opulent (beaucoup plus fréquent qu'on ne le
croit); l'emprunteur qui voudrait bien rendre,
souffre de ne pas le faire, rendrait s'il le pouvait, mais ne peut pas ! Dame ! en effet, la
vie est dure.

Il faut, surtout, noter une espèce impor-
tante, nombreuse, redoutable ; l'emprunteur qui ne salue plus celui qui lui a prêté ;
enfin, l'emprunteur qui haït son prêteur
d'une haîne épouvantable.

— Ah ! se dit celui-là, j'ai eu l'humiliation de t'emprunter, imbécile ! J'ai encore
celle de ne pas t'avoir rendu, misérable ! Et
j'aurai toujours celle de ne jamais te rendre,
canaille ! Car je ne te rendrai jamais, scélé-
rat ! Et tu seras toujours le témoin de toutes

ces humiliations accumulées, assassin ! Eh
bien ! je t'exècre, je t'abomine, je te voue à
la dèche, et si jamais je te rencontre en Seine-
et-Oise, où la mendicité est interdite, réduit
à demander deux sous sur les grands chemins pour avoir prêté trop de billets de cent
francs dans ta vie, je serai peut-être alors,
moi, dans une situation honorable, je serai
peut-être député, et je te ferai arrêter pour
vagabondage !

Je vis, un jour, dans une maison centrale,
un jeune homme qui m'intéressa.

C'était un prisonnier, il portait la casaque
grise, mais il allait et venait partout dans la
prison. On le rencontrait dans les couloirs,
marchant d'un air affairé, portant des registres sous son bras, des papiers; les gardiens
lui parlaient avec respect, et le directeur lui

disait bonjour au passage avec une amitié
pleine d'estime. Sous son costume infamant,
et dans la situation de prisonnier de confiance
qu'il paraissait occuper, il avait continuellement comme une rougeur de honte sur le
visage, mêlée à une sublime et douloureuse
transfiguration de conscience.

— A quoi est condamné ce jeune homme ?
demandai-je.

— A dix ans.

— Qu'a-t-il fait ?

— Son histoire est terrible, me répondit
le directeur. Il remplissait une fonction publique où il avait la garde et la responsabilité
d'une caisse. C'était un fort honnête homme,
très estimé, mais d'un caractère faible ; il ne
savait jamais refuser à quelqu'un de l'obli-
ger. Aussi, dans le pays, tout le monde lui
empruntait et tout le monde lui devait. Un de
ses amis se trouvant un jour dans la détresse
recourut à lui. Le pauvre fonctionnaire était
lui-même, à ce moment-là, très dépourvu. Il
eut l'imprudence, alors, devant les supplica-
tions de son emprunteur, de dégarnir sa

caisse d'une somme qu'il se proposait d'y
remettre... Le soir même, un inspecteur passait, constatait le déficit, et quelques mois
après, le malheureux passait en cour d'as-
sises.

— Mais on a dû venir témoigner en sa faveur ?

Le directeur sourit :

— C'est ce qu'il y a eu d'abominable dans
l'affaire, me dit-il. Savez-vous par qui ce jeune
homme a été chargé à l'audience?

— Non.

— Par ceux-là mêmes qui lui devaient de
l'argent.

— Et personne n'est venu le défendre?

Le directeur sourit encore, secoua la tête,
et ne répondit qu'un mot :

— Personne.

# ACADÉMICIENS

*A Louis Lombard.*

Ne mettez pas, s'il vous plait, M. Duruy au Panthéon, mais faites lui un petit salut à son entrée à l'Académie.

L'Académie est un salon de bonne compagnie, le Panthéon des hommes distingués, le Westminster des grands ronds-de-cuir et le Jockey-Club des chauves... Elle est tout cela! Mais elle n'est que cela! Cessons donc, une bonne fois, de nous étonner que Balzac ne s'y soit pas assis, et prenons notre parti de féliciter les professeurs, les politiciens et les généraux admis à y sommeiller, toutes les fois que ces professeurs, ces politiciens et ces généraux en ont mérité l'honneur.

M. Duruy, même, est peut-être plus qu'un homme distingué, et plus qu'un ancien ministre. M. Duruy, avec les facultés secondaires dont il est doué, a rendu à son pays quelques services. Dans la pénombre et dans le silence de sa sphère, il a travaillé, plus qu'aucun autre, à l'expansion de l'Histoire vraie. Grâce à lui, les collégiens ont commencé à se douter, tout petits, que la Bible n'était peut-être qu'une fiction, une fiction géniale, mais une fiction. Pour être restée une œuvre obscure, humble, l'œuvre de M. Duruy n'en est donc pas moins une œuvre utile. Il a mis de plain-pied l'enseignement de l'Histoire dans les collèges avec les idées modernes.

Vous souvenez-vous de ce qu'on enseignait partout jadis? Il y avait, nécessairement, dans l'existence de tout jeune homme, une heure où il croyait également à la côte d'Adam et à l'exécution de Louis XVI. Les

livres que l'Université vous mettait entre les
mains vous parlaient sur le même ton de la
femme de Loth changée en statue de sel et
de Napoléon I<sup>er</sup> mort à Sainte-Hélène. Ce
genre d'instruction tombait dans de jeunes
esprits portant en eux une hérédité chrétienne de douze ou quinze cents ans! Cette
espèce d'histoire s'enseignait aux enfants,
gravement, sans broncher, pendant que les
pères, chez eux, lisaient Darwin, qu'ils ne
comprenaient pas plus, d'ailleurs, que leurs
fils ne comprenaient la Genèse et l'Exode.

Qui expliquera ce retard absurde, ridicule,
des livres d'enseignement primaire et secon-
daire sur les livres d'enseignement complé-
mentaire? On vous enseignait, au collège,
exactement le contraire de ce qu'on devait
apprendre, à peine échappé du lycée! Tant
qu'on avait sous les yeux que des livres
cartonnés, on y lisait qu'on descendait d'A-
dam et d'Ève; le jour où on ouvrait un livre
broché, on y lisait qu'on descendait du singe!
Beaucoup d'écoliers de ce temps-là, devenus
libres-penseurs, ont fini par croire, par réac-

tion, qu'ils descendaient des singes du Jardin des Plantes.

Le travail de M. Duruy a consisté à mettre la vérité philosophique et historique à la portée des enfants. Il l'a fait, d'ailleurs, comme il fallait le faire, simplement, avec réserve.

. Il prépare sagement les enfants aux idées qu'ils rencontreront plus tard ; il leur évite le choc, l'embrouillement, l'ahurissement, où cherche à se reconnaître un esprit inexpérimenté lorsqu'il s'aperçoit, tout à coup, qu'on ne lui a appris que des choses bonnes à désapprendre ; il ne les bourre pas prématurément de négations ou d'hypothèses, il leur inocule juste la dose de sagesse qu'il faut. Ils ne risquent plus ainsi, à un moment donné, de tomber brutalement des mythes innocents du moyen âge aux conceptions faisandées de leur temps ; il les nourrit en vue de l'atmosphère où ils sont destinés à vivre.

Une telle tâche ne réclamait pas un grand historien ; elle exigeait une sage audace. Il fallait, en effet, de l'audace pour parler viri-

lement aux enfants, à l'époque où M. Duruy
leur a parlé ; il était, d'autre part, presque
nécessaire de le faire sans éclat ; on devait,
après le bandeau noir qu'ils avaient depuis des siècles sur les yeux, les acclimater
à la lumière par une gradation d'ombres et
de pénombres pour laquelle l'auteur de l'*Histoire romaine* a employé heureusement, on
doit le reconnaître, toute la gamme des gris
universitaires.

Il est regrettable que certaines locutions
aient pris, par l'usage qu'on en a fait, une
teinte d'ironie et de satire ; nous dirions, autrement, que M. Duruy a été le Michelet des
familles. Sa science est une excellente abondance, une abondance où il a peut-être mis
du vin

*<sub>*</sub>*

Est-il pourri, monsieur Renan?

Je le crains, mais quelle pourriture idéale!

M. Renan est un quiétiste païen. Il a la mansuétude chrétienne et la tranquillité antique. Fénelon, chez lui, est ennobli par Épicure. Demi-souriant, plein de réticences mélancoliques, animé d'un sentiment très raffiné de la nature, ayant on ne sait quoi de virgilien dans le style et de pyrrhonien dans l'idée, sensible juste au degré où il faut l'être pour jouir, il est arrivé à la sérénité par le chemin qui, il y a trente ans, menait au suicide ; il a trouvé le bonheur dans le doute. A considérer sa physionomie à la fois grecque et évangélique, toute en atténuations et en sinuosités, on sent un esprit pour qui hésiter

est un plaisir, et qui s'est fait du scepticisme
une exquise villégiature. Avec quel air de
joie secrète, il vous dit oui en secouant la
tête, et non en la faisant aller de haut en bas !

Ce que M. Renan poursuit avant tout, c'est
la jouissance intellectuelle. Il cherche la
vérité comme Don Juan cherchait la femme.
Toutes les idées lui sont bonnes ; aucune
ne l'a rendu fidèle. Ce qu'il demande à l'Art,
à la Science, au Travail, aux méditations,
aux voyages, c'est une suite de belles hypothèses où il puisse passer une heure de
voluptueux et noble prélassement. En politique, il est indifférent. Il a l'exclusif souci
de la confortabilité littéraire et philosophique.
Il a des élans contenus, des enthousiasmes
voilés, des enivrements réservés. Oh ! la philosophie, s'écrie-t-il, « l'art exquis de jouer
de la lyre sur les fibres les plus intimes de
l'âme, de poser, sans les résoudre, les pro-
blèmes de l'ordre transcendant ! La philosophie entendue comme la musique sacrée
des âmes pensantes, quel chef-d'œuvre pro-
duira-t-elle jamais comparable aux dialogues

qu'ont entendus les jardins de l'Académie, et
les bords de l'Illyssus ! »

L'œuvre de M. Renan, en son genre, est
unique, Là, c'est cette *Vie de Jésus,* où, par
un prodige d'art et de sensualité esthétique, il
vous berce dans un hamac en vous racontant
l'histoire d'un crucifié ! Là, ce sont les apô-
tres, qui n'ont peut-être pas existé, mais avec
qui l'auteur, à la façon dont il en parle, ne
peut pas ne pas avoir soupé. Ailleurs, ce sont
des excursions en Terre-Sainte, en Sicile, en
Égypte, chez les premiers chrétiens, les
vieux païens et les grands Pharaons. Sans
jamais cesser d'être un Français et un moderne, M. Renan voyage à mille lieues de
son pays et à quatre mille ans de son siècle.
Et les ruines, avec lui, deviennent, bien
qu'indéchiffrables, des annales certaines. Il
sent ferme, sous son pied, le sol de l'histoire
la plus mouvante; les chronologies les plus
flottantes, il s'y fixe sans les fixer! Il marche
sur l'Océan de la Légende comme Jésus
marchait sur les flots !

C'est une note exquise et curieuse que

celle de M. Renan contant ses expéditions
d'érudit. L'antiquité ressuscite, sous les pas
du voyageur, à travers les villes et les
paysages d'aujourd'hui. Les siècles anciens
revivent dans les cadres contemporains. Ce
sont des descriptions transparentes ! On voit
en même temps, du même regard, le présent
le plus proche et le plus lointain passé. Nous
respirons, avec lui, l'odeur tiède ou brûlée des
campagnes de Sicile ; nous dormons à côté de
lui, dans les diligences, et son voisinage, sur
la banquette de la voiture, nous fait rêver de
la vie d'il y a deux mille ans ! Vénus Erycine
se profile dans la silhouette de cette montagne, à l'horizon ! Empédocle est le premier
passant que nous rencontrons dans les rues
d'Agrigente ! Heureuse, miraculeuse pro-
miscuité historique ! L'antiquité est vivante
et la vie moderne est noble ! Les bandelettes
sacrées n'ont pas cessé de ceindre le front
des prêtres, le héros de l'Etna paraît avoir
lu Voltaire, et nous causons avec des vieillards qui ont vu la couleur de sa tunique !

Maintenant, quand M. Renan nous en-

traîne à la recherche des Séthi et des Amé-
nophis, ne sentons-nous pas quelques objec-
tions nous venir? Pourrions-nous jurer, par
exemple, que l'évidement du grand Sphinx
est vraiment dû à Chéphren? Ma foi! et peut-
être est-ce-là un de leurs charmes, les voyages de M. Renan ressemblent à des rêves. Ils
bercent, plus qu'ils n'instruisent. M. Renan
n'a pas fait parler le grand Shpinx, c'est assez
probable, mais il l'a certainement fait sourire.

Qu'il vive donc, qu'il vive, dans la sérénité musicale de sa philosophie! Si, quelquefois, sa science paraît légère, oh bien, c'est
qu'elle a des ailes! Mais elle a aussi un
corps! Il entre bien des in-folios dans cette
fantaisie, dans ces boutades sceptiques où se
querellent élégamment l'idée spiritualiste et
l'idée naturaliste! Il y a de longues fouilles
d'histoire dans cette désillusion qui se goûte
elle-même. M. Renan, à Tibur, eût été digne
de s'asseoir à la table d'Horace, digne de
boire théologalement, sous la Renaissance,
avec les savants, et digne de prendre part,

en Judée, au souper des disciples d'Em-
maüs.

Est-il pourri, Monsieur Renan?

Je le crains! Mais quelle pourriture
idéale!

# HOMMES POLITIQUES

Chacun a connu M° Mouillavoine, l'avocat millionnaire, le madré député Cauchois.

M° Mouillavoine porte une de ces têtes à la Chardin devant lesquelles il est impossible de ne pas devenir pastelliste. Tout blanc, guilleret, apolectique, avec un nez violacé comme une varice !...

C'était il y a dix ans, en octobre, mais il faisait un de ces automnes par lesquels le pavé de Paris chauffe comme en été, et ce soir-là, dans le vestibule du cercle, tout le long des porte-manteaux, les panamas se mê-

laient en grand nombre aux tuyaux de poêle
et aux chapeaux ronds. Un cercle honnête,
simple, sans luxe, d'une austérité politique
et bourgeoise, où le jeu n'était représenté
que par le billard et les dominos! A table,
on se demandait, en entamant le potage, les
dernières nouvelles du conseil d'arrondisse-
ment de Puteaux ou de Saint-Denis; le rôti
se passait à disserter sur les candidatures
ouvrières; au dessert, quand on était lancé,
on controversait sur le scrutin de liste. Quelqu'un qui eût parlé de femmes eût amené un
profond silence.

Un soir donc, à l'heure du dîner — des
marinades de tomates entremêlées d'oignons
s'espaçaient autour de la table dans de petits
bateaux de porcelaine blanche, et les raisins
croulaient des jattes sur la nappe — un soir,
il y avait foule. C'était sous le Seize-Mai.
Des élections avaient eu lieu pendant les vacances... La Chambre allait rouvrir... Ça
grouillait et ça ronflait dans les affreux salons tendus de papier vert!

On commençait à s'asseoir, quand un per-

sonnage, grand, gros, gras, parut à l'entrée
de la salle, épanoui, dans un éclatant gilet
blanc. Une tête fine, toute ronde, avec un
nez dont les narines flairaient le vent! Son
petit œil, tout rond aussi, pétillait derrière
les verres d'un binocle, dans une figure rasée,
large, luisante comme celle d'un riche et
joyeux paysan. Il amenait avec lui, dans son
ombre, deux provinciaux effacés, timides et
très rouges, qu'il semblait avoir sortis de ses
poches en entrant, et qui se tenaient un peu
en arrière de lui, chacun d'un côté, pendant
qu'il distribuait, à droite et à gauche, des
poignées de main lancées dans le tas.

Il arriva ainsi jusqu'à la table, parcourut
le cercle des convives d'un sourire mince,
envoya de côté et d'autre quelques petits bon-
jours de l'œil, puis, glissant du coin de la
bouche une malice aux oreilles de ses suivants, il s'assit entre eux, comme un gros
fermier entre ses garçons de ferme, à trois
places retenues d'avance.

C'était M⁰ Mouillavoine, député de la
Caux, frais rasé et frais élu.

Le potage fini, on attaqua les tomates,
mais il devint alors impossible de ne pas remarquer l'agitation fébrile d'un vieux con-
vive, placé juste en face du plantureux
élu.

Il avait, celui-là, une tête à la Louis-
Philippe, dans le genre de celles que Geof-
froy se faisait au Palais-Royal, une de ces
têtes très dignes, à larges traits, qui ont du
poil dans le nez, de petits favoris de curé et
où descendent et montent, dans le mouvement fréquent d'un casse-noisette impérieux,
des sourcils autoritaires. Avec cela une redingote marron, une redingote étriquée d'été,
un gilet à la Robespierre en matelassé de
coutil clair, dans les poches duquel il devait y
avoir du tabac, et une grosse cravate de calicot
gris à petits pois, qui mettait le menton et les
bajoues comme sur un socle... Ce vieillard,
qui ne disait rien, était tout tremblant d'exas-
pération. Il baissait et relevait violemment la
tête, rudoyait sa cuiller dans son assiette,
toussait, se remuait, s'ébrouait, posait ses
poings sur la table et se livrait ainsi, en si-

lence, à toute la mimique d'une indignation
solitaire.

C'était M. Colasson, le célèbre athée, un
vieux républicain, un ancien notaire, auteur
de bruchures anticléricales.

Son exaltation s'expliquait tout naturellement. Il venait d'échouer comme candidat à
la députation, dans cette même Caux où
M° Mouillavoine l'avait battu.

La pantomime de M. Colasson, cependant,
ne cessait pas, et M° Mouillavoine, entre ses
deux acolytes, toujours rouges comme des
pommes et gauches comme des mannequins,
regardait silencieusement les corniches,
cherchant à se bien tirer de cette rencontre,
quand il dit tout à coup à l'ancien notaire, avec
un sérieux extrême et une bonne grâce ronde
où perçait tout de même un peu de goguenar-
dise cauchoise :

— Monsieur Colasson, il n'y avait qu'un
homme digne de représenter la Caux, c'é-
tait vous ! Tout le monde connaît vos livres, et on les citera encore quand il y aura
beau temps qu'on ne parlera plus de nos

13

mesquineries politiques. Ma foi, je vous
l'avoue, j'ai un peu honte de me trouver ce
soir en face de vous. C'est moi qui suis député, et c'est vous qui devriez l'être... Je n'ai
qu'une excuse, et ces deux messieurs seront
témoins de ce que je vais dire, poursuivit-il
en montrant les deux provinciaux, qui devin-
rent à ces mots complètement cramoisis, je
n'ai qu'une excuse, c'est que mon premier cri,
quand on est venu me proposer la candidature, a été : Votez pour Monsieur Colasson !

M. Colasson accueillit d'abord cette décla-
ration avec une certaine stupeur, mais il
était conquis !

Et il n'y a pas d'homme qu'il aime plus,
depuis, que son ancien voisin de table au
dîner du cercle. C'est à ce point qu'il s'est
complètement retiré de la lutte en sa faveur,
et qu'il s'écrie toujours avec énergie, chaque
fois qu'à présent, on vient lui proposer une
candidature dans la Caux :

— Ne votez pas pour moi ! Votez pour
Mouillavoine !

*
* *

On peut le voir tous les jours, entre
une heure et deux, longer lentement, d'un
air réfléchi, avec on ne sait quelle mélan-
colie de génie méconnu, le parapet du pont
de la Concorde, cette espèce de gringalet
gauche et noiraud, tenant, physiquement,
du singe et du prêtre défroqué. Quelquefois,
sa femme l'accompagne, gauche comme lui,
également noiraude, mais toute ronde ; une
face de pleine lune, qui a les yeux effarou-
chés et le regard borné des mauvaises bêtes.
Correctement *mal fichus* l'un et l'autre, mar-
qués de cet indélébile cachet de province qui
fait si bien dire à tous ceux qui les voient
passer : *Monsieur Un Tel est avec sa dame,*
obscurs, ternes et laids, ils se dirigent vers
la Chambre.

Monsieur Un Tel, à qui les journaux font
tous les trois mois l'aumône d'une ligne,
marche lentement, parce qu'une démarche
lente est la seule qui convienne à un homme
dont pas un éternuement n'est ignoré de
l'Univers. Il penche la tête sous son chapeau
trop vaste ; mais seul, ce chapeau-là peut
contenir cette tête qui contient le monde. Il
se plaint toujours de vertiges et de pituites ;
mais la France elle-même est valétudinaire,
et la République ayant l'estomac chargé,
c'est lui tout naturellement qui doit avoir la
migraine. Quand, en sa présence, on fait
des vœux pour le pays, il a une façon de
vous serrer la main qui vous remercie comme
pour lui-même, et s'il lui arrive, en traver-
sant le quai, de rendre des saluts à la canto-
nade, c'est qu'il sait pertinemment qu'un roi
ne sort jamais, même incognito, avec sa
femme et son parapluie, sans être reconnu
par quelqu'un.

Il était dictateur, maître, empereur, César,
dans son village !

Provincial indécrottable, provincial par

nature, provincial par sa famille, provincial
par ses pantoufles, provincial par ses heures
de repas, provincial depuis les cordons de
ses souliers jusqu'au collet de son paletot, ce
Pompée de hameau, jeune homme, avait es-
sayé de Paris, mais sans y prendre. Il y avait
végété. Les moindres fentes d'entre les pavés
étaient des fondrières où, lilliputiennement,
il disparaissait ; les moindres crachats se
transformaient pour lui en marais où s'em-
bourbait sa petitesse ; la province le tenait,
il n'y avait pas à dire, la province le rappelait, et il revint dans sa petite ville, parmi
les petites gens, dans son petit pays. Là, une
oie honnête l'épousa avec extase ! Une vierge
grasse, éblouie, lui donna les cinq saucisses
articulées qu'elle avait pour main ! On le
trouvait beau, génial, terrible, extraordinaire ! Le curé tremblait à son nom, le maître
d'école espérait en lui, et le pharmacien l'ad-
mirait avec désintéressement, car il n'était
pas encore malade des maux publics ! Ah !
comme tout de suite il détesta bien Paris où
il avait eu l'humiliation de se voir petit !

Comme il aima bien son pays où il avait la jouissance de se découvrir grand !

On ne se doute pas de l'extension que prit tout à coup, au bout d'une quinzaine d'années de province, la gloire locale de Monsieur Un Tel. Dans un rayon de quatre lieues et demie à cinq lieues, Marat n'était plus auprès de lui qu'un polisson. Les réactionnaires et les républicains attendaient littéralement comme un jour d'abomination ou de rénovation sociale le jour où il serait nommé député. Rien qu'en voyant sa tête d'huissier passer dans le coupé de la diligence, les yeux des seigneurs voisins s'injectaient de sang, et les révolutionnaires campagnards se sentaient la *Marseillaise* au ventre.

Est-ce que, sérieusement, il serait nommé député ? Mais la Société va donc finir !

Est-ce qu'il le serait, hein ? Alors, c'est que la vraie République va commencer !

Il l'est !

Ah ! comme les premiers jours, il est radieux de se promener nu-tête, dans la salle des Pas-Perdus ! Au milieu d'électeurs ar-

rivés tout exprès de province pour le voir,
le triomphe auréole son front de grand
homme départemental, le sourire de la gloire
illumine son menton de galoche! Au bout
d'un mois, pourtant, l'auréole s'est ternie,
le front s'est penché, le sourire a disparu. A Pâques, il s'achemine gêné vers sa
province; il revient sans élan pour la ses-
sion d'été, il repart triste pour les vacances,
il retourne sombre à Paris !

Dame! c'est qu'à Paris les rues sont larges,
les monuments hauts, la ville immense, et
qu'on n'en fait pas le tour en fumant une ci-
garette. C'est que Monsieur Un Tel, qui était
le géant de son pays, s'est retrouvé, au Pa-
lais-Bourbon, avec deux cents autres géants
de province qui, se voyant tous de même
taille, se sont tous trouvés petits ! Et s'a-
percevant tous qu'ils étaient deux cents
foudres de révolution dont deux cents châte-
lains attendaient le chaos, et dont deux cents
pharmaciens attendaient la rénovation du
monde, ils ont tous pris le parti de ne donner
ni le chaos aux uns, ni la rénovation du

monde aux autres! Ils se sont tous contentés
de s'agiter dans leur mauvaise humeur, à la
mauvaise humeur générale!

Seulement, Monsieur Un Tel n'a pas pardonné à Paris de s'y être retrouvé l'homme
qui disparaît dans les fentes et qui sombre
dans les crachats; il n'a pas pardonné à la
France d'avoir produit deux cents grands
hommes exactement grands comme lui; il
ne s'est pas consolé, enfin, de s'être trompé
sur lui-même au point de se croire les biceps de Danton, quand il n'avait que les
tendons d'un écureuil, et voilà pourquoi il
est amer, pourquoi il marche d'un pas lent,
pourquoi il remercie toujours personnelle-
ment les passants de s'intéresser à la patrie,
pourquoi sa seule consolation est d'être resté
un dieu pour *sa dame*, et pourquoi il a, sur
le pont de la Concorde, l'allure des monar-
ques en exil.

*
* *

Il a existé un gros homme court, d'une
taille au-dessous de la moyenne, avec un œil
mort et un œil flamboyant, la face bestiale et
le profil romain. Sa voix de baryton, riche-
ment nuancée, quelquefois caverneuse, quelquefois douce, avait des notes graves qui
sentaient le patriote d'estaminet. Cravaté de
blanc, un gros camélia à la boutonnière, se
poussant du ventre dans son habit noir, plon-
geant fortement ses deux mains dans les
poches de son pantalon, se brandissant lui-
même sur ses genoux engorgés de graisse,
il avait, en causant, une façon de dire : non
qui lui secouait toute la figure. Eh bien! il
se dégageait, de cet homme, une puissance
chaude qui rendit la France amoureuse de
lui! Ses poignées de main, où vibrait la
bonhomie gauloise, le magnétisme de sa volonté qui emportait le poids des volontés

13.

ordinaires, son énorme vulgarité qui faisait place, par moments, à une politesse féline, tout en lui grisa, toqua, affola le peuple. Un ogre parlementaire dévorant tout, ce fut lui ! Commis-voyageur de génie, surprenant et formidable Gaudissart qui eut dix fois la stature humaine !

Cet homme fut un virtuose du whist et de l'écarté, et il y jouait, dans les salons, avec un déploiement de démonstrations retentissantes.

La partie engagée, il lançait à son partenaire :

— Fendez-vous !

Et alors, selon qu'il gagnait ou qu'il perdait, c'étaient de gros rires où son dos et son ventre ballotaient, des rouchonnements en basse profonde, des fredonnements de victoire, des coups de poing sur la table, des gestes en tire-bouchon avec lesquels il empochait le gain ! Il maniait les cartes avec une dextérité de faiseur de tours, et il s'écriait volontiers, quand il rencontrait un de ces coups de triomphe qui terminent une partie et clouent un adversaire .

— Atout, ratout, ratatout! Enfoncée, la portière!

— Avez-vous remarqué, dit un jour à quelqu'un Émile de Girardin, avez-vous remarqué Gambetta? Quand il sort de table, il devient successivement pâle et pourpre. *Ce garçon-là* a une mauvaise circulation du sang; un de ces matins, nous allons l'emballer comme un colis...

Mirabeau était sorti de la Noblesse, et Gambetta de la Bourgeoisie. Mirabeau avait eu une jeunesse d'aventures, promenée de prison en prison, de pays en pays, et Gambetta une jeunesse d'étudiant, promenée de brasserie en brasserie, de parlotte en parlotte. Mirabeau avait une laideur sculpturale, et Gambetta une laideur ronde. Les Gambetta ne venaient que de Gênes, les Mirabeau venaient de Florence.

# GENS DE LOI

.

———

Vous connaissez l'*Histoire des Treize*. Vous ne connaissez pas celle *des Quinze*.

Les Quinze agréés du Tribunal de Commerce datent, comme institution, de 1813, et remplissent, en les cumulant, près de ce Tribunal, les fonctions des avocats et des avoués près du Tribunal civil.

Le Tribunal civil comprend sept chambres. Le Tribunal de Commerce en compte une seule. Le Tribunal civil intronise cent cinquante avoués et douze cents avocats inscrits ou stagiaires. Le Tribunal de Commerce n'a

jamais intronisé que quinze agréés. Quinze !
Alors, c'est que, probablement, le nombre des
affaires portées au Tribunal civil est de beaucoup supérieur au nombre des affaires portées
devant le Tribunal de Commerce ? Il réclame,
en conséquence, un personnel plaidant plus
nombreux ?... L'année dernière, le chiffre des
affaires portées devant le Tribunal civil a été de
*quinze mille*, et celui des affaires portées devant le Tribunal de Commerce a été de *soixante-
neuf mille !* Il y a donc, d'un côté du boulevard
du Palais, une moyenne de quinze mille affaires à se partager entre cent cinquante
avoués et douze cents avocats. De l'autre côté,
il y en a soixante-neuf mille à se partager
entre Quinze. Une charge d'agréé est à une
charge d'avoué ou à un cabinet d'avocat ce
qu'un pays où l'or se ramasse par terre est
à un pays où il faut remuer le sol pour gagner son pain !

On comprend maintenant pourquoi, jusqu'à ce jour, il n'a jamais existé, au grand
détriment du public, qu'une seule chambre
au Tribunal de Commerce. Il ne fallait pas un

agréé de plus ! Les Quinze voulaient rester
les Quinze ! Ces heureux possesseurs d'un
précieux monopole ne voulaient pas un heureux de plus parmi eux !

Mais la jalousie de leurs prétentions va
même encore plus loin, et c'est ici qu'éclate,
avec quelque chose de véritablement roma-
nesque, la puissance anonyme des Quinze !

Le Tribunal de Commerce admet que le
plaideur présente sa cause lui-même, et lui
permet aussi de la confier à un avocat. Dans
la réalité, ces tolérances sont le plus subtil
des pièges. Un plaideur porte toujours sur lui
une considérable quantité de papiers : lettres, factures, actes, mémoires ! Toutes les
pièces, enfin, constituant un dossier. Le pre-

mier besoin d'un plaideur, quand il arrive
devant les juges, est donc de trouver un
pupitre.

Au palais, les avocats et les avoués ont des
pupitres.

Au Tribunal de Commerce, les plaideurs
n'ont pas de pupitres.

Le plaideur, chez les Quinze, ne trouve
qu'une barre, une barre pour déployer des
papiers ! Une barre qui se moque de lui ! C'est
la fable de la cigogne que le renard invite à
dîner. Il y a bien, cependant, des pupitres
dans la salle. Il y en a même *seize!*... Quinze,
d'abord, pour les Quinze, et dont les Quinze
ont les quinze clés. Puis un seizième... Mais
celui-là est un leurre, le plus cruel des leur-
res, et il ne tarde pas à devenir, pour le malheureux tenté par sa plate-forme, un instrument de torture et de persécution satanique.

*<br>* *

Que peuvent bien faire, en effet, la partie
ou son avocat devant cette barre dont l'ironie
les trouble et dont l'incommodité les embar-
rasse ? L'occupant, tout de suite, regarde du
côté du seizième pupitre, qui est libre, à
sa portée, et qui semble l'inviter à étaler sur
lui son dossier. C'est là que les Quinze l'attendaient ! A peine a-t-il disposé ses feuillets
sur le pupitre, que le pupitre se soulève,
et l'un des Quinze lui dit en y fouillant :
« S'il vous plaît, j'ai des papiers là... Voulez-
vous me les laisser prendre ? » Cinq minutes
plus tard, survient un autre Quinze : « Ex-
cusez-moi, j'ai besoin d'une pièce. » Cinq
minutes après, un troisième Quinze arrive :
« Ne vous dérangez pas, j'en ai pour une
seconde. » Puis un quatrième : « Permet-

tez, un simple document à consulter... »
Puis un cinquième : « Que je prenne seulement ce qu'il faut pour écrire... » Puis
un sixième : « Une minute !... Mon Code
Tripier... »

Le triste plaideur, devant ce pupitre qui
se soulève, s'ouvre, se ferme, saute, danse
sous son nez, sent bientôt une sueur froide
lui perler sur le front. Tout le monde a
quelque chose à y voir, dans ce pupitre !
C'est une malédiction, une perdition, un
supplice ! Berné, moqué, exaspéré, affolé,
le plaideur retire ses papiers, essaye de les
tenir dans ses mains, ne le peut pas, les met
par terre, se baisse, se relève, marche dessus, s'accroupit, se réaccroupit, s'embrouille,
bafouille, perd le nord, perd la tête, devient
fou, et finit par perdre sa cause...

Immobiles, sardoniques, c'était là que le
guettaient, c'est là ce que voulaient les
Quinze, pour nous apprendre à tous à nous
passer d'eux, et à ne pas échanger nos lumières métalliques contre leurs lumières verbales.

On a lutté, des années, pour l'amoindris-
sement de cet effrayant monopole.

On a entrepris de faire mettre au Tribunal
de Commerce, des pupitres pour les plaideurs. On n'y est jamais arrivé.

Un éloquent et un honnète homme de loi,
Guillaume Maillard, y a usé son énergie.

Les ministres les plus puissants y ont ébré-
ché leur pouvoir.

On a obtenu les promesses des pupitres, on
n'a jamais obtenu les pupitres!

Les Quinze sont riches. La force prime le
Droit, et l'Or prime la Force!

# LA DERNIÈRE ÉGLISE

*A Émile Bergerat.*

J'aime la butte Montmartre... Je l'aime pour ses vieux murs et pour ses vieux jardins, et je visite, parfois, tout en la parcourant, la basilique naissante qui s'élève à son sommet...

Muni de la carte rouge qu'un jeune oblat me délivre avec sa voix soupirante, je longe la ruelle montante, mal pavée, pleine d'un camelotage enfantin et miroitant d'amulettes ; je passe devant l'échoppe aux cierges, je vais, je viens, je regarde, je songe et je contemple !

*\*
\*\*

On a, du bas de la butte, un coup d'œil
sans beauté, mais pittoresque. Une multitude de femmes, vues de dos, montent l'escalier à pic, et sans fin, par lequel on gagne
l'édifice. Pas une toilette claire, dans le soleil qui frappe cette montée indéfinie de marches blanches. Rien que les taches noires
d'un fourmillement de dévotes qui grimpent.
On dirait une grande ascension de punaises
contre un mur !

Pourquoi ont-elles toutes leurs bas si mal
tirés ? Quand on montre ses bas — car elles
les montrent — il faut présenter quelque
chose de rond, de lisse et de galant à l'œil.
Elles, non ! Elles ne possèdent personne,
évidemment, qui se plaise à leur attacher
leurs jarretières. Elles craignent elles-mêmes
de se les mettre avec soin. Il en résulte, pour
l'observateur venant flâner là avec l'impar-

tialité commandée par l'art pur, ce déplora-
ble désordre, ce chiffonnement sans harmonie, cette anarchie des dessous, que nul
mandement de l'archevêque n'a cependant
prescrits. C'est l'échelle de Jacob des tire-
bouchons !...

Ah ! mesdames, soignez vos bas ! Le Sacré-Cœur, en somme, n'est pas une dévotion
déplaisante, c'est une dévotion d'amour !
Consultez, là-dessus, les dévotes espagnoles.
En voilà qui veillent aux pilastres de dessus
les bottines ! Elles pendent, comme *ex-voto*,
dans les chapelles, des jarretières sur lesquelles on lit des devises enflammées ! Des devises
à rendre le mouvement aux paralytiques !

*<br>* *

— La basilique ! Messieurs ! La basilique !
Avant deux ans, vous la verrez finie ! Vous
verrez les clochers ! Vous verrez la toiture !

Vous verrez les jardins ! Ce sera splendide !
Tenez, regardez ! Voilà déjà les fenêtres du
chœur ! La voûte est commencée ! Avant deux
ans, vous verrez tout !... Mesdames et messieurs, n'oubliez pas un vieux sous-officier,
médaillé militaire, au nom du Sacré-Cœur !...

Le personnage qui crie ces choses, avec
cette voie prétentieuse et rogommée, particulière à certains mendiants, est un être
habillé d'une défroque de toile bleue rapié-
cée, mais lavée de frais. Il se transporte de
groupe en groupe, sur deux béquilles entre
lesquelles ses deux pieds atrophiés se traînent au ras du sol ; il secoue, sur son costume
d'ouvrier propre, une tête chevelue de pro-
phète, à la fois hagarde et canaille, et porte,
sur son estomac, suspendu à une ficelle passée
autour de son cou, un éventaire où s'étalent
des médailles, des chapelets, des images et
des cœurs en sucre d'orge.

Le long des trottoirs, cependant, dans la
rue où glapit cette voix trépidante de der-
viche, des voitures stationnent : des victo-
rias, des coupés, des calèches, et, dans la

file, on ne peut guère ne pas remarquer un landau armorié d'une couronne de marquis ; le cocher et le valet de pied ont, sur leur siège, un sourire assoupi ; sur la banquette du devant, on peut voir un volume broché, et la couverture porte ce titre : *Pourquoi l'on aime?... comédie, par J. de Léris. Editeur, Calmann Lévy...*

Dans la crypte, au sommet de la nef, on voit un endroit solitaire. Une palissade l'entoure et un suisse se promène devant.

Ce suisse, je ne sais pourquoi, a quelque chose de goguenard. On croit avoir vu déjà sa tête dans des réunions anarchistes.

Mais il vous montre gravement l'endroit gardé par une palissade, et il crie d'une voix tonnante :

— Messieurs, c'est le trou du Chœur !

*<sub>*</sub>*

Il y a un pilier qui porte un joli nom et
qui a une jolie histoire... Mais il faut savoir, d'abord, comment les piliers peuvent
avoir des histoires.

Les moines qui construisent l'église votive
de Montmartre ont eu une idée géniale. Ils
ont imaginé une combinaison en vertu de
laquelle non seulement l'église ne leur coûte
rien, mais leur rapporte même, au fur et à
mesure qu'ils l'élèvent, des capitaux considérables.

Ils ont — écoutez bien et sachez jusqu'où
le génie peut aller — ils ont, par l'intermé-
diaire de leur journal dénommé *Le Bulletin
du Vœu national*, fait assavoir à toute la
chrétienté que chaque pierre serait posée en
souvenir d'un fidèle, et porterait son nom,
moyennant une aumône de lui en faveur de
l'œuvre.

On annonça ainsi des pierres pour toutes les bourses.

La pierre ordinaire, perdue et cachée dans la masse des murs : cent vingt francs ;

La pierre apparente simple « donnant droit à cinq initiales gravées *mais non en vue* » : trois cents francs ;

Le claveau « qui donne droit à deux initiales *gravées sur la face extérieure* » : cinq cents francs ;

Enfin, « des colonnes depuis mille jusqu'à cinq mille francs, et des piliers depuis cinq mille jusqu'à cent mille francs ». On pouvait même, à son choix, « avoir des tympans, des bandeaux, etc. » Le comble était « d'avoir une gargouille ». Le *Bulletin* ajoutait à propos des gargouilles : « Magnifique emplacement pour des armoiries ! »

Le public répond toujours à de pareils appels. Il répondit à celui-là, et donna avec folie dans les gargouilles, dans les piliers, dans les claveaux, dans les bandeaux et dans les tympans ! Les plus riches se payèrent des colonnes ; les plus pauvres se cotisèrent

pour avoir un moellon. Chaque pierre posée,
au lieu de représenter une note à payer,
représente ainsi une somme à encaisser.
Chaque coup de truelle, avec ce système de
construction, en même temps qu'il vous bâtit
votre maison, vous rapporte au moins cent
sous ! Ce n'est plus du génie ! C'est de la
révélation !

Dans la basilique de Montmartre, chaque
pierre s'appelle donc d'un nom, ou se désigne
d'un intitulé, et c'est ainsi qu'il y a le *Pilier
du Fuseau*.

Qu'est-il, ce joli pilier ?

Il y a quelque temps, les dames catholiques
pensèrent à offrir un pilier au Sacré-Cœur.
Elles eurent même la pensée charmante d'a-
cheter le saint pilier avec le produit exclusif
d'ouvrages à l'aiguille, tous faits de leurs
mains et vendus pour l'œuvre pieuse. Jus-

qu'ici, rien que de louable. Mais elles ne
devaient pas s'en tenir là. Une idée, une
idée singulière, ne tarda pas à germer dans
leur cervelle.

Elles précisèrent, dans leur offrande, que
ce pilier des aiguilles chrétiennes serait élevé
en réparation spéciale de tous les travaux
d'aiguille « qui ont *le mal* pour objet. »

O sainte pudeur ! O sainte et coquine pudeur contemporaine ! Corsages décolletés
qui avez mission, dans les bals, de laisser les
appâts montrer le bout du nez ! Croupes
trompeuses, qui ne trompez personne ! Et
vous, pantalons de satin à bouffettes, draps
de soie, bas à coins, chemises transparentes,
c'étaient à vous que pensaient les brodeuses
du Sacré-Cœur, pendant que les yeux baissés,
et charmantes d'ailleurs, elles filaient, dans
leur tête, le pilier du fuseau !

*⁎*

Ces dames, cependant, travaillèrent, travaillèrent! Leurs mains, durant des mois, ne
quittèrent pas les métiers, leur dé d'or ne
quitta pas leur doigt. Enfin, leurs travaux
s'achevèrent, chacune mit son envoi dans
une caisse, l'expédia, et toutes ces caisses
furent portées à l'archevêché, que l'archevêque avait offert pour la vente...

Quand vint le moment d'ouvrir toutes les
boîtes, pour en retirer les contenus, et les
exposer dans les salons, vous ne devineriez
jamais ce qu'on y trouva?

Des coussins!

Un nombre inouï, inquiétant, fabuleux,
miraculeux, de coussins! Des coussins longs,
des coussins carrés, des coussins de fauteuil,
des coussins de canapé, des coussins de lit,

des coussins de voiture, des coussins de pied,
des coussins de dos, des coussins moelleux,
des coussins durs, de petits coussins, de gros
coussins! C'était la multiplication des coussins!...

Il y avait bien aussi, dans le nombre,
quelques autres jolies choses, mais je ne sais
pas si je peux dire quoi. Bah! disons tout,
et que le pilier nous pardonne! Ces dames,
en pensant au péché, avaient toutes fait des
coussins. Quelques-unes d'entre elles avaient
ajouté des layettes!...

La vente eut lieu, elle produisit trente-
huit mille francs !

Trente-huit mille francs de coussins! O Jésus! Qui sondera jamais toutes ces destinées
de coussins? L'archevêque de Paris en acheta
un, sans layette...

Mais les autres? Que verront-ils? Qu'en-
tendront-ils? On s'y est peut-être déjà age-
nouillé pour le mal, dans cette infernale vie
contemporaine!

*
* *

Ici, les choses changent.

La cime est vertigineuse.

On plane sur un gouffre.

De grandes pierres de taille, des aligne-
ments couchés de colonnettes blanches, des
morceaux de frise attendant leur pose, en-
combrent l'étroit plateau, d'où s'élance,
d'entre les blocs, une charpente colossale et
folle. On pourrait se croire, par moments,
dans la nacelle d'un ballon ; on ne voit plus
la terre, on marche sur des planches qui remuent, et le regard, au loin, erre, perdu,
troublé, sur l'océan confus, mouvementé et
sombre de Paris...

Ce matin-là, jour de la Fête-Dieu, sous
le ciel torride, j'ai ressenti, à un moment,
une impression que, sans doute, je ne re-

trouverai plus nulle part et qui était, en
effet, unique au monde. A une vingtaine de
pas en avant de la gigantesque chrysalide de
bois qui couvre l'emplacement de l'église
future, il y avait là, en plein air, au bord de
l'abîme, face à face avec lui, un petit reposoir de bois blanc et de calicot rouge, plus
pauvre que l'autel du plus pauvre village; il
regardait Paris et semblait le braver, avec
ses rameaux verts et ses petites fleurs de
papier doré.

Je voyais le reposoir, j'apercevais la ville,
et c'était surprenant !

Il dominait l'étendue murmurante, l'effrayant moutonnement de la cité sans bornes,
d'où l'étourdissement montait, et d'où venait
comme le bruit d'un engloutissement conti
nuel ; il avait, sous lui, l'Arc-de-Triomphe
dont le soleil nimbait la silhouette latine, le
Louvre, vieux de cinq cents ans, où les
mignons de Henri III montraient leurs boucles
d'oreilles, les faubourgs d'où les révolutions
descendent, la petite éclaircie de la place de
la Concorde où l'échafaud travaillait, la Bas-

tille où il n'y a plus qu'un brillant point
d'or, les Tuileries où il y a un vide, et le
carré du Champ-de-Mars où Talleyrand a dit
sa messe ! Il dominait les cent mille murs où
grouillent, dans les mansardes étouffées ou
sombres, par les cours puantes et les esca-
liers fétides, les misères, les tourments, les
haines, les pâleurs, les délires de l'eau-de-
vie, et les résignations ! Il dominait la ville
des salons, des folios, des orchestres, des bos-
quets et des lustres, des théâtres et des
femmes nues, la ville où il y a toujours, à
toute heure, quelqu'un qui naît et quelqu'un
qui meurt, des visages qui sanglotent sur des
chevets funèbres, et des figures qui rient sur
des berceaux ! Il dominait les cent mille chambres où les dogmes et les croyances, les autorités et les gloires s'émiettent et s'en vont,
tombent et se décomposent, sous les sourires
des philosophes et sous les acides des chimis-
tes. Il dominait la ville où, pendant les nuits,
les prostitutions étalent, par milliers, les joies
effrénées de leurs blancheurs morbides, la
ville où des hommes pâles crispent leurs

doigts sur l'or autour des tapis verts, la ville
des émeutes, des filles et des rois ! Il dominait la plage fantastique, tranquille et sèche
pour quelques heures, d'où les grandes
tours noires s'élèvent comme de grands ré-
cifs, et dont les grandes marées s'appellent
Quatre Vingt-Neuf, Quatre Vingt-Treize,
Mil-Huit-Cent-Trente, Quarante-Huit et
Soixante-et-Onze ! Dix siècles de souffrances,
de morts pour la Patrie, de suicides pour
Nana, de sang, de gloire, de larmes et
d'orgies !

Et le petit reposoir, frissonnant sur le
gouffre, présentait à Paris le cœur flamboyant du Christ !

*<br>* *

A quelques pas en arrière, l'église naissante dessinait ses arceaux, à travers la for-

midable claire-voie des échafaudages. Les
forts piliers trapus, où se gonflent, comme
des muscles de pierre, les nervures destinées
à s'élancer aux voûtes ; les cintres bas, puissants et simples, les petites fenêtres, dont
deux colonnettes supportent la courbe, rappellent l'abbaye de Cluny. Mais on ne dirait
pas un édifice nouveau qu'on élève, on dirait
une ruine qu'on étaye ! On croirait pénétrer
dans une vieille basilique romane, sur laquelle auraient passé toutes les dévastations
de la guerre, où les boulets auraient jeté
bas les clochers et les dômes, effondré la
toiture, et dont il ne resterait plus que l'al-
véole. Les pierres sont déjà noires; il tombe
déjà, des voûtes, des coupoles, comme une
odeur de consécration antique ; on se figure
qu'elles ont déjà bu mille ans de prières
et d'encens ! Les bannières pendues aux murs
ont l'air d'avoir été abandonnées là par les
prêtres ; elles semblent avoir déteint, depuis
des années, au soleil et à la pluie. Mais au
milieu de cette désolation, voilà encore un
mauvais autel, fait de loques, de branches

coupées, de fleurs de papier! Au-dessus, une
large croix de bois étend ses grands bras
couleur de bure, comme un moine qui prê-
che pour demander l'aumône.

Et là-haut, dans les nues, monte, s'élève,
s'élance, une charpente extraordinaire! Une
ode, un poème, une épopée de poutres! Les
poutres, par centaines, sortent de terre, incli-
nées comme des contreforts, et en étayent
d'autres, qui, à leur tour, s'inclinent, s'arc-
boutent et en étayent encore d'autres! Hautes
et puissantes comme des mâts de navire,
elles se dressent ainsi, se penchant, et se su-
perposent, et s'engendrent, dans un enlève-
ment indéfini, dans un hosannah colossal! On
pense à Moïse priant sur la montagne, pendant que les Hébreux combattent. On songe
aux prêtres soutenant ses bras pour qu'ils ne
retombent pas du ciel! Les bois, les ais, les
madriers s'entre-croisent, s'ajoutent, s'éta-
gent, montant, montant toujours! Pyramide
apocalyptique! Bras géants tendus et joints
vers les nues pour une gigantesque prière!

Voilà dix ans qu'ils prient, ces grands

bois! Dix ans qu'ils se dressent vers le Seigneur! Moïse, cette fois, faiblira-t-il? Les
mains des prêtres se fatigueront-elles? Les
poutres seront-elles pourries avant que les
pierres soient scellées?...

Et à travers les arceaux d'un noir de ruine,
j'entrevois, à quelques pas, la vieille église
de Montmartre qui tombe, et j'aperçois encore, au loin, l'immensité fumante de Paris!...

# LA FIN DE LA POLICE

Meurtre de Marie Fellerath! Assassin inconnu, affaire classée sans suite... Meurtre de
Lecercle, le garçon épicier tué dans sa voiture!
Assassin inconnu, affaire classée sans suite...
Meurtre de la veuve Joubert, la marchande
de journaux de la rue Fontaine! Assassin
inconnu, affaire classée sans suite... Ces souvenirs d'assassinats anciens se marient aux
récits quotidiens d'assassinats nouveaux,
d'assommades, d'attaques nocturnes, de maisons pillées et de malfaiteurs en liberté,
comme, dans un opéra, certains rappels mélo-
diques du premier acte se marient aux motifs

des actes suivants. C'est la scène de la prison
de *Faust*, où l'air lointain de la valse revient
chanter dans le délire de Marguerite.

*<br>* *

Un individu se présente un jour chez une
dame.

— Madame, lui dit-il, je suis agent de la
sûreté. Vous avez, chez vous, des objets
qui ne sont pas à vous, vous allez me les remettre, ou je vous emballe !

Épouvantée, la dame proteste. Il y a effec-
ivement, chez elle, des objets qu'une amie
lui a laissés en dépôt, mais elle doit précisément les conserver pour les remettre à leur
propriétaire. Elle ne peut pas s'en dessaisir.

— Tout ça, riposte l'individu, ne me regarde pas... Les objets, ou je vous emballe !

La dame veut encore résister, mais l'in-

dividu se lève, lui déclare qu'il a en bas
une voiture toute prête pour l'emmener, et
la malheureuse, alors, terrifiée, n'osant pas
appeler la police à l'aide contre la police, cède
et livre le dépôt.

Or, cet agent n'en était pas un. La dépo-
sitaire ne tarde pas à s'en convaincre. Elle
assigne son homme en correctionnelle, et
l'homme, après bien des tours et des dé-
tours, des oppositions et des appels, finit par
venir s'asseoir sur la banquette des coquins.

Alors?...

Alors, on l'acquitte!

Il est défendu de se promener dans les
rues déguisé en prêtre. Il est défendu de
porter le ruban de la Légion d'honneur,
quand on n'est pas légionnaire. Il devrait

être défendu aussi de menacer les gens de
les arrêter, pour arracher d'eux par la ter-
reur ce qu'on ne peut pas en tirer bénévole-
ment! La séquestration et l'arrestation arbi-
traire sont des crimes; la tentative doit être
au moins un délit, ou sinon, nos lois ne sont
pas même à refaire, elles sont à faire! Ou
l'acte commis par ce drôle n'est pas prévu
par le Code, et nous ne sommes même pas,
dans ce cas, un embryon de société! Il était
inutile de nous donner tant de mal, pendant
tant de siècles, pour pivoter dans la sauva-
gerie! Ou il est prévu, et alors, que signifie
l'acquittement? Ce faux agent, sans être tout
à fait faux, sans être tout à fait vrai, était-il
un de ces agents qui ne sont, en effet, ni
vrais ni faux, mais simplement inavoués?
Non? Alors, quoi? Qu'y a-t-il là-dessous? La
féerie et l'opérette ont donc passé dans la
vie légale? Il n'y a plus, au monde, que des
fous tressautant dans de la folie? Le faux
agent, par hasard, aurait-il été jugé par de
faux juges?...

***

Savez-vous ce qui se passe dans la banlieue?

Les rôdeurs arrêtent les fiacres, les voitures de blanchisseurs et les voitures de
laitiers. Dès la tombée de la nuit, on vole
avec effraction. Et après l'hiver, tout le prin-
emps, tout l'été, tout l'automne, les rues,
les routes, les avenues, les villas, sont infes-
tées d'industriels ambulants, se disant repas-
seurs de couteaux, raccommodeurs de faïen-
ces, et venant? Tàchez de savoir d'où. Vivant?
Tàchez de savoir de quoi. Ces gens-là sonnent
aux grilles, pénètrent dans les jardins, pour-
suivent les ménagères de leurs offres de service, et brutalement, quand on a consenti à
les écouter, demandent cent sous, dix francs,
d'une babiole, d'un rien. On refuse? Ils vous
insultent! On veut les expulser? Ils vous

menacent! Ou les pauvres femmes se trouvent seules, n'ayant et ne pouvant appeler
personne, et force leur est bien de chanter
devant la force. Ou survient un voisin, un
homme, qui traite les bandits comme on doit
traiter des bandits, et savez-vous, alors, ce
qu'ils font, les bandits? Ils vous mènent chez
le juge de paix! Et chez le juge de paix,
croyez-vous, par hasard, que vous obtiendrez
raison? Vous aurez tort! En demandant dix
francs pour un repassage de couteau, vous
êtes un coquin, mais vous ne tombez sous le
coup d'aucune loi! En traitant les bandits en
bandits, vous êtes un brave homme, mais
vous avez commis le délit d'injure, et vous
l'avez commis devant témoins, car les bandits
ont des témoins à eux qui rôdent à la can-
tonnade. Devant le juge, ils ne demandent
plus que dix sous pour le couteau, vingt
francs pour l'injure, total vingt francs cinquante, et ils les obtiennent! Ah! ils savent
jusqu'où on peut aller sans se faire prendre,
et jusqu'où il faut faire aller les autres, pour
qu'ils payent. Ils ont l'air de dessins de Callot,

et ils sont jurisconsultes à rendre des points
à Mourlon, à Demangeat, à Demolombe et à
Cazot !

Allons ! la fripouille monte ! Ce n'est pas
encore son règne, mais elle forme déjà une
opposition constitutionnelle !

Les grosses affaires masquent les petites.
C'est un malheur. Le petit point rouge, pré-
sage de l'affreux cancer des fumeurs, est plus
grave que la fluxion la plus volumineuse et
ne fait pourtant retourner personne : le bou-
ton chancreux n'est qu'une tête d'épingle,
une pipolure. Vous ne le voyez pas, un poil
de barbe le cache... Et, cependant, c'est là
qu'est la mort !

\*
\* \*

La question de la Police est une de ces questions « brûlantes » qui ne sont pas près de refroidir.

Balzac, qui a tout compris, tout vu, tout prévu, donne à la Police un rôle prépondérant dans la *Comédie humaine*, et le monde, en effet, peut se diviser en deux grandes classes, la classe de ceux qui veulent la domination par le pouvoir, et la classe de ceux qui veulent la tranquillité par la sécurité. Pour les uns, comme pour les autres, la Police est et sera toujours un élément nécessaire. Pour les premiers, elle est un moyen de pouvoir; pour les seconds, un moyen de sécurité. Elle intéresse donc tout le monde, les souverains et les voleurs, les hommes politiques et les honnêtes gens. Comme toutes choses aujourd'hui, la Police

n'est plus qu'une ruine. Elle n'est plus le redoutable édifice monarchique auquel Fouché
avait encore ajouté des souterrains. Elle
croule tous les jours sous les coups de
pioche des journaux, et chaque fois qu'il
tombe un pan de mur, c'est une brèche par
laquelle les voleurs passent.

L'écroulement de la Police n'est que trop
facile à expliquer. Le moyen de pouvoir
qu'elle est, a compromis le moyen de sécurité
qu'elle était aussi. Sa dualité l'a détruite. Si
elle n'avait jamais été qu'une protection,
personne ne l'aurait jamais attaquée. Mais
les termites de la politique se sont mis là
comme partout ! Nous avons eu le faux républicain, appointé pour surveiller les clubs ;
le faux légitimiste, appointé pour surveiller
les salons ; le faux socialiste, dont le quart-
d'œil observe les « Cercles d'études », les
« Groupes fraternels », et autres réunions
populaires ou sociologiques ! Nous avons le
filage du journaliste, le filage du député, le
filage de l'homme ou de la femme du monde !

Nous avons les « dossiers bleus ».

Les bêtises et les infamies ! Voilà les termites, et voilà pourquoi les craquements !

Une fois la Police réprimandable politiquement, on a pu se dire, par une supposition permise et logique, qu'elle l'était peut-être aussi socialement. De là, à ne plus laisser passer l'arrestation d'une fille ou d'un ivrogne, sans étourdir de huées les agents, il n'y avait qu'un pas. De là à mettre les agents au niveau même des malfaiteurs, il n'y avait pas loin non plus. La campagne, commencée contre la police politique, devait finir, en fait, et fatalement, contre toute espèce de police.

A l'heure qu'il est, la police en est où en était la Bastille en 1788. On la rasera. Seulement, ceux qui danseront dessus, ce ne seront pas ceux qui l'auront prise !

# L'ABSINTHE

———

Au risque de provoquer des bafouillements de colère gâteuse dans la tribu tremblottante des *Etouffeurs de perroquets* et des *Etrangleurs de douaniers,* je proposerais, si j'étais député, d'interdire la vente des breuvages funestes, et, cela fait, de laisser les joyeux pochards zigzaguer, tirebouchonner, dodeliner, barytonner et monochardiser, tout autant qu'ils le voudraient, par les cabarets et les rues.

> Quand, le matin, un buveur se réveille,
> Il est parfois taciturne et rêveur.....

En quoi le brave homme d'ivrogne qui s'en va chantant cette poésie au clair de la lune, sous l'influence inspiratrice du Bordelais ou du Beaujolais, en quoi ce digne adorateur du

soleil liquide offusque-t-il les regards et pro-
fane-t-il le pavé ? Le buveur de vin est bon,
tendre, ingénieux, grandiose et fraternel. Il
n'aime jamais autant ses amis, sa famille,
son pays, sa femme, ses enfants, la Patrie et
la République, que lorsqu'il a bu longuement,
saintement, abondamment. Le vin, le vin
divin, est comme l'hostie des catholiques !
Si mauvais, si égoïste, si mesquin, si peu
recommandable que vous puissiez être, il
vous élève, vous transforme et vous transfi-
gure momentanément. Ne fût-ce que pour un
instant, il vous met en état de grâce. Le vin,
même pris avec excès, n'est pas dangereux.
On vit très vieux très fort, très vert, très
frais et très content, dans les pays de vin,
dans ces pays où les petits enfants roulent
ivres dans les vignes au temps des vendanges,
et grouillent, dans les pressoirs, tout bar-
bouillés de raisin sous les cuves ! Le vin est
un réchauffant, un exhilarant, et non un
excitant. Il verse la lumière, et il ne brûle
pas ! Il ne surmène pas, et il tonifie ! C'est
un fortifiant par persuasion !

*<br>
* *

On n'en dirait pas autant des liqueurs va-
riées, sans nombre et sans nom, qu'on débite
dans les cafés et les caboulots. Mieux vaut
avoir affaire à Dieu qu'à ses saints! Mieux
vaut avoir affaire au Bourgogne et au Bor-
deaux, voire au Suresne, qu'au Trois-six, au
Verjus et au Mêlé-Cassis! Mais, entre toutes
ces liqueurs, il y en a une exécrable et sinistre.
Cette liqueur-là, c'est le démon buvable! Le
Diable, en la nommant, peut dire : Voici
mon sang !

Est-ce vraiment un pochard, que le buveur d'absinthe? Un pochard digne de ce
nom inoffensif et gai? Est-ce bien même un
ivrogne? Non, c'est un possédé ! Le buveur
d'absinthe, avec sa bouche idiote, sa somno-
lence et ses fureurs, est le fou d'une horrible
folie. Le buveur d'absinthe bave, quand le
buveur de vin s'épanouit ; le buveur d'ab-

sinthe trépigne comme un damné, quand le
buveur de vin dort comme un ange. Le buveur d'absinthe vendrait la Champagne pour
une fiole de la maison Pernod fils, quand le
buveur de vin irait se faire tuer pour l'Al-
sace, pour la Lorraine, et même pour la Po-
logne ! Le buveur d'absinthe, la nuit, se lève
halluciné, et cherche un couteau pour tuer
quelqu'un. Le buveur d'absinthe fait comme
le parricide Rossignol, il prend en haine ses
propres enfants, et jette sa petite fille à la
Seine, par fantaisie, un soir, en passant les
ponts... La bouteille de vin est une bonne
fille, la bouteille d'absinthe est une sombre
gueuse !

L'absinthe, dans le domaine du breuvage,
est exactement ce qu'est le vice, dans le domaine de la passion. C'est de la corruption et

de la perversion, c'est de la nymphomanie et
de la sodomie! L'absinthe, depuis des années, tue la santé publique ; elle pèse, comme
un fléau, sur une population de fplus en plus
comateuse, où tarissent la fécondité et la
virilité, où règne la tristesse, d'où s'en va
l'esprit, où pullule le crime, où s'exaspère
l'hystérie !

Quand on te verse un verre d'absinthe,
consommateur, on te verse un verre de poison ! Prends-tu, dans les cafés, ton verre de
Laudanum ? Demandes-tu un arsenic ?

Pourquoi prends-tu ton absinthe ?

# LA MORT DE L'ART

*A Léon Cladel.*

Je me demande, en lisant les romans
d'aujourd'hui, quels seront les romans de demain. La crudité ou la dépravation des sujets
et du langage ne m'inquiètent pas. Elles ont
toujours été plus ou moins, dans tous les
temps, la récréation et la gageure des artistes. J'envisage la question dans ce qu'elle a de
sérieux, d'essentiel. Quel champ, dans l'avenir, restera ouvert à l'Art?

*
* *

Le mouvement naturaliste, outre de belles
œuvres, a produit quelques résultats utiles.
Le goût de l'observation rigoureuse, de l'observation subtile des tics et des rides, nous a
tellement pénétrés, que le *personnage en bois*
n'est plus possible. Ce genre de personnage
était jadis si bien admis, on avait tant d'in-
dulgence pour ses moustaches au pinceau,
sa taille en rond de serviette et ses gestes
obtenus par un cabestan, que sa présence la
plus obstinée n'empêchait pas le succès d'un
ouvrage. Le *personnage en bois*, maintenant,
tue son auteur. Le personnage vivant, celui
qu'on voit se lever, s'asseoir, jurer, manger,
celui dont nous pouvons dire, sans qu'on se
donne la peine de nous l'apprendre, s'il a
bien digéré ou mal dormi, ce personnage-là
n'a pas été inventé par le Naturalisme, mais
le Naturalisme a fait de lui le seul désormais

accepté dans un livre. Quand une école a cela dans son histoire, elle n'a pas le droit de croire qu'elle a découvert l'Amérique, mais elle a le droit de dire qu'elle y a bâti sa ville, et fondé sa colonie.

Quant à la méthode que le Naturalisme préconise, quelle est-elle?

Cette méthode, on nous le déclare, est la méthode expérimentale. Le roman expérimental! La poésie expérimentale! L'ode expérimentale! La ballade expérimentale! Non seulement les personnages devront être vivants, mais positivement démontrés! Une expérience, un fait constaté devra toujours être la base de toute œuvre et même de toute partie de cette œuvre. L'invention, enfin, est proscrite. L'Art, se confondant avec la chimie et la médecine, ne relève plus que du relatif et des degrés qui tendent vers la limite géométrique, au lieu de relever de l'absolu et de la limite géométrique elle-même!

Il y avait, du temps d'Homère, des savants et des médecins. Qu'est devenue la science des contemporains d'Homère? Elle est loin.

Qu'est devenu Homère? Il est toujours là.
Que sera devenue, dans trois cents ans, la
science actuelle? Elle sera loin. Que seront
devenus Hugo, Balzac, Michelet?... Ils seront
toujours là. La littérature n'est donc pas
expérimentale. Elle peut contenir l'expérience, elle doit même la contenir; mais elle
ne l'est pas, elle ne doit pas en partir et
s'y fonder. Si vous exigez de moi que mes
personnages soient vivants, et non seulement
vivants, mais *vécus,* vous rendez service à
l'Art et à l'auteur. Si vous exigez de moi que
je les aie vus en chair et en os, vous tuez
l'Art et vous paralysez l'auteur !

Nous en sommes arrivés à ceci :
Un jeune homme qui fait aujourd'hui un
drame se passant sous Louis XIV, ou un roman se passant sous Louis XIII, est considéré

avec pitié. Pourquoi? Parce que tout le monde
se dit : *il n'a pas vu ce qu'il nous raconte*. Im-
médiatement, l'illusion cesse, et, morte l'illusion, mort l'intérêt. Vous fermez déjà ainsi
au poète et au romancier un domaine vaste,
plein d'explorations à tenter. Mais soit!...
Vous, les avez-vous vus, vos personnages
contemporains? Vous avez vu des hommes
en habit noir et en blouse, ayant des passions,
des ridicules, des vices. Vous n'avez pas vu
vous ne pourrez pas toujours avoir vu,
expérimentalement vu, un ivrogne ayant
exactement la figure de Coupeau, s'appelant
exactement Coupeau, étant Coupeau! Or, ce
qui est surtout l'âme de l'Art, c'est la logique,
une logique sans tolérances, implacable et
pointilleuse, une logique en vertu de laquelle
vous pouvez vous permettre tout ce qui se
trouve dans votre point de départ, et rien de
ce qui ne s'y trouve pas. Si donc vous faites
partir l'Art du fait extérieur, au lieu de le faire
partir de l'imagination personnelle de l'artiste, vous ne tuez pas seulement le conte
bleu et la légende, vous tuez toute œuvre

d'art, quelle qu'elle soit. Dans dix ans, tout
ce qui ne sera pas biographie ou reportage
n'intéressera plus !

Dans le paysage le mieux *démontré*, on
vous soupçonnera toujours d'avoir mis des
oiseaux et des feuilles qui n'y étaientpas.
Dans la biographie la plus scrupuleuse, on
flairera des gasconnades. Vous ne pourrez
plus même prêter un sentiment intime à qui
que ce soit, dans quelque situation que ce
soit. On ne croit plus, aujourd'hui, au drame
historique, au roman de cape et d'épée? On
ne croira plus, demain, à aucune espèce de
drame ni à aucune espèce de roman. Le public tout entier sera comme cette secte de
socialistes belges qui s'interdisent de lire
les fables de La Fontaine, sous prétexte que,
dans la réalité, les animaux ne parlent pas...

Autrefois, on représentait les saints, les héros et les dieux dans les épopées et dans les
mystères. Quelqu'un s'est levé, et a dit : « Qui
donc a jamais vu des dieux, des saints, des
héros quelque part? » Et la littérature n'a
plus représenté que des hommes. Voilà qu'à

présent quelqu'un se lève encore et dit :
« Qui donc a jamais vu les hommes du temps
de Charlemagne et même du temps de
Louis XVIII? » Et la littérature ne répré-
sente plus que les contemporains. Pourquoi
donc, prochainement, quelqu'un ne se lève-
rait-il pas de nouveau et ne dirait-il pas à
son tour : « Qui donc a jamais su exactement ce que pense et ce que fait son voisin? »
Et comme le panégyrique personnel est, de
toutes les choses, la plus intolérable, la
littérature ne représentera plus rien ni personne !

Le Drame se meurt. On n'en fait plus. On
n'en veut plus.

Un bon gros mélodrame inepte, à intermè-
des décolletés, une bonne bêtise, relevée d'un
peu de viande, aura encore quelques succès.

16

Quant au drame qui pousse de l'Histoire et
de la Légende comme les arbres des forêts
poussent de la terre, on y baille ! Nous voulons des spectacles plus appropriés à nos
digestions. On peut entendre un vaudeville
ou une opérette, entre un grog qu'on sirote
et une fille qu'on pince. On n'entendra jamais
ainsi le *Roi Lear*.

Le goût de la sinécure se manifeste jusqu'en
matière de plaisir. Nous avons tous entendu
parler du temps où on rêvait de parvenir, vers
la cinquantaine, après une dure vie de travail,
à une jolie aisance de dix mille livres de rentes. On a pour rêve, à présent, de gagner son
million en trois ans, en causant simplement
d'affaires sous le péristyle de la Bourse. Ainsi
du théâtre ! Autrefois on y était mal assis,
mais on venait y écouter des œuvres. On pré-
préfère, aujourd'hui, y être bien couché, et
y entendre des sottises. Le public, à l'heure
qu'il est, craint presque autant de trouver
au théâtre une pièce le distrayant du spectacle de la salle, qu'il redoute chez lui, sur
sa table, un dossier qui l'empêche de con-

templer à loisir les fleurs du papier de sa chambre.

Mais si le drame exige une disposition d'esprit sérieuse ou naïve chez le spectateur, il exige un effort intellectuel de l'auteur, et ce qu'il exige, surtout, chez celui-là, c'est une qualité devenue très rare, l'imagination ! Le Drame, pour se développer et vivre, a besoin d'une atmosphère puissante et vive, d'une l'atmosphère de sommets. Or, outre que les auteurs, aujourd'hui, selon l'instinct général, fuient l'effort, tout comme le public, les écrivains relativement jeunes qui tiennent le dé de la littérature n'ont pas lueur d'imagination. Ils décrètent, dès lors, qu'on ne doit pas en avoir. C'est la manie des personnes malades qui grelottent au mois de juillet, et ne veulent pas qu'on ouvre les fenêtres.

Plus d'imagination ! Plus de style ! Plus d'envolées ! L'exactitude toute nue, l'exactitude niaise, l'exactitude sale ! La littérature mise ainsi à la portée du nombre immense de ceux qui n'ont pas de talent, pour la confusion du petit nombre de ceux qui en ont !

L'art accessible à toutes les impuissances, visible à toutes les myopies ! L'œuvre plate accomplissable par le cul-de-jatte, triomphant de l'œuvre ardue, escarpée, qui demande des bras, des griffes, des jarrets et des ailes ! C'est l'accord parfait, dans la médiocrité, entre l'écrivain qui cherche ce qui est facile à écrire et le spectateur qui cherche ce qui ne vaut même pas la peine d'être écouté. Tout le monde ne composera pas *Macbeth* ; tout le monde, même, ne le comprendra peut-être pas. Mais tout le monde comprendra et composera même toujours cette scène : des bourgeois prenant bêtement, le matin, leur chocolat, et se demandant comment ils trouvent la brioche !...

*
* *

C'est devenu un lieu commun d'évoquer les grandes floraisons de gloire du Théâtre

d'autrefois, et de montrer, en regard, l'aridité
désolée du Théâtre d'aujourd'hui.

Sous la magnificence de ses décors, sous les
prodigalité de sa mise en scène, le Théâtre
actuel cache, en effet, un épuisement et une
caducité qui rappellent les époques les plus
ruinées et les peuples les plus vieillis. On cherche les causes du mal, mais on n'en a jamais signalé que les effets. Les acteurs, dit-on, étaient
jadis comme les auteurs ! Pleins de génie !
Nous n'avons jamais retrouvé ni Frédérick,
ni Rachel, ni M$^{me}$ Dorval ! On parle aussi de
l'importance donnée aux décors. L'art dra-
matique s'achemine ainsi peu à peu à n'être
plus qu'un art d'exhibition ! L'éclat des belles
étoffes distrait des splendeurs de la belle
langue ! Le couturier finit par être nommé à
côté du poète ! Comme il tue, dans la vie,
le franc et vrai plaisir, le luxe tue le vrai
Théâtre.

Il y a une chose bien remarquable ! On
n'a jamais tant fait pour le théâtre, et le
théâtre ne nous a jamais aussi peu donné !
Les acteurs, aujourd'hui, jouent mal et on

16.

les décore ! Autrefois, on les méprisait et
ils jouaient bien ! Autrefois, pour tout décor,
on fichait sur des tréteaux un poteau où se
lisaient *Forêt* ou *Palais,* et de ces planches
mal calées, de ces poteaux dont l'administration, maintenant, ne voudrait probablement plus pour les routes départementales,
se sont envolés, pour planer dans l'infini
humain, ces poëmes et ces tragédies : *Hamlet,
Roméo et Juliette,* et *le Songe d'une Nuit d'été !*
Les théâtres, à présent, sont supérieurement
machinés, on y déroule des tapis de Perse et
de Smyrne, on y tend des toiles de fond qui
ravissent les amateurs de paysages et de
panoramas ; les actrices y traînent des ve-
lours, des satins, des brocards et des soies
lamées qui ébahissent les peintres ! Mais les
calembours, les gravelures, les refrains, les
sophismes ou les sensibleries qui se débitent
aux reflets féeriques de ce cadre et de ces
accessoires, méritent si peu de laisser un
souvenir, et sont même si souvent sans nom,
que les auteurs peuvent y gagner cinquante
mille francs par an, et avoir juste la signifi-

cation littéraire des poètes qui riment pour
papillotes !

On faisait des pièces sublimes, quand les
décors valaient le poids du bois. On dépense,
maintenant, deux cent mille francs pour une
pièce, et la pièce ne vaut pas deux sous.

*
* *

Avez-vous remarqué ce qui se passe pour
les jouets des enfants ? On leur donne de vrais
fourneaux, fourbis, luisants de cuivre, ma-
gnifiques ! Ces fourneaux les éblouissent une
heure, mais ils ne les amusent plus au bout
du jour ! Plus tard, cependant, ils n'en voudront plus d'autres ! Et ils voudront encore
plus beau, toujours plus beau ! Toujours en
s'amusant de moins en moins !

Avez-vous remarqué ce qui se passe dans

les églises? Celles où vous voyez prier avec
le plus de foi, avec la foi la plus naïve, c'est-
à-dire la plus heureuse, ce ne sont pas les
cathédrales, ce ne sont pas les nefs modernes
de Paris, à jubés ajourés, à colonnades de
marbres multicolores! Ce sont les laides, les
pauvres, les sordides églises de campagne!
Celles qui ont sur leurs murs d'affreuses images en trois couleurs où le Christ a l'air d'un
auvergnat qu'on mène au poste! Celles où la
chaire branle, où le toit croule, où des pa-
lombes fientent sur les vieux bancs, où le
curé raconte, dans une langue à mourir de
rire, des histoires à dormir debout! Dans
celles-là, vous rencontrez des bonnes femmes
pour qui la vertu d'une prière à saint Antoine
de Padoue est plus certaine, des millions de
fois, que l'existence des chemins de fer! Dans
celles-là se prosternent des piétés vierges
pour lesquelles des morceaux de plâtre, de
sapin et de calicot, recèlent des splendeurs,
des éblouissements et des magnificences que
Notre-Dame n'a jamais eus pour les archidia-
cres et les évêques!

*<sub></sub>*

Le drame qu'on donne au public ressemble
au jouet qu'on donne à l'enfant. Le Théâtre
ressemble aussi à l'Église. Il vit d'illusion et
d'imagination, et l'imagination, ce sang de
l'esprit, s'en va de nous! Les acteurs d'aujourd'hui sont aussi bons que ceux d'autrefois, et les acteurs d'autrefois étaient aussi
mauvais que ceux d'aujourd'hui. Seulement,
nous exigeons maintenant l'impossible en
fait d'acteurs, comme en fait de décors,
comme en fait de joujoux! Nous voulons de
vrais Marions Delormes comme les enfants
veulent de vrais fourneaux! La manie critique a tué chez nous la candeur de la jouissance. Au contraire des êtres privilégiés qui
voient une beauté dans une femme laide,
nous découvrons toutes sortes de laideurs à
une belle femme. Nous allons partout, au

théâtre comme ailleurs, munis d'une loupe,
d'un flacon d'acide et d'une pierre de touche,
et nous n'avons plus qu'un souci, nous ne
demandons plus qu'une chose: Est-ce de l'or?
Est-ce bien vraiment là Charlemage? Est-ce
bien vraiment là Catherine de Médicis? Aussi,
par un phénomène logique, les pièces qui
plaisent le moins au public, et, tranchons le
mot, qui l'ennuient le plus, sont précisément
les grands et éternels chefs-d'œuvre. Nous
n'avons plus la naïveté voulue, l'imagination
enfantine indispensable, pour voir Hamlet
dans une actrice en travesti. Plus les vers
sont beaux, plus ils nous donnent de malaise
s'ils ne sont pas absolument dits comme ils
devraient l'être, et les vers des grands poètes,
des poètes surhumains, ne le seront jamais!
Pour nous arriver à l'âme, tels qu'ils devraient nous arriver, il faudrait des voix
surhumaines!

Toutes les incrédulités se tiennent, et l'in-
crédulité dans les choses du théâtre nous est
venue comme sont venues les autres. Il a
existé un temps où le public avait ce don

merveilleux des esprits primitifs, et des hommes de génie, de voir, non ce qui était, mais
ce qu'il voulait voir, ou même ce qu'on voulait qu'il vît. Ce temps n'est plus ! Les chefs-
d'œuvre ennuient, parce qu'il n'existe pas
d'acteurs dignes des chefs-d'œuvre. Quant
aux autres pièces, elles ennuient parce qu'elles ennuient, comme Dieu est Dieu parce
qu'il est Dieu !

C'est la mort de l'art, c'est l'écroulement du
théâtre, tel qu'il a été bâti par Molière et par
Corneille, et orné plus tard par Hugo, de
resplendissants hauts-reliefs. Affaibli par
toutes les désillusions, pourri de toutes les
pourritures, ce temps gardera, pour les
livres, de froides admirations, des admirations choisies de virtuose qui juge, mais il
deviendra incapable d'entendre, religieuse-

ment, un poème dans son ensemble. Il ne demandera plus au théâtre que des récréations grossières pour ses curiosités, pour ses vices, pour sa paresse, et il cessera d'aller écouter les beaux vers comme il a cessé d'aller entendre les grandes orgues liturgiques.

# EN DÉCOMPOSITION

———

Il souffle bien, le vent de folie! Il s'est
levé, funeste, dès la cinquième année d'un
parlementarisme triste et froid, comme le
vent du nord-ouest, dès le matin d'un jour
de pluie. Il s'est abattu sur les ministres, sur
les députés, sur les journaux, sur les passants, sur les femmes, sur les hommes! Il
pénètre toutes les cervelles!

Aurons-nous, dans l'avenir, l'Empire, la
Monarchie constitutionnelle, la Révolution,
Danton, Charles X, Loyola ou Caracalla? La
France aura-t-elle un roi de plus? Le roi, le

17

lendemain, aura-t-il la tête de moins? Où est
le voyant qui répondra?

L'opérette, le ballet, le chic, le vol, règnent
de plus en plus ! On ne danse pas un quadrille de moins; on ne tend qu'avec plus
d'entrain ses panneaux à ses actionnaires;
on fête de plus en plus les filles, le seul
« terrain de conciliation » sérieusement possible. Il n'y a plus d'opinions, il n'y a plus
que des névroses ! Il n'y a plus de vocations,
il n'y a plus que des besoins ! Il n'y a plus
d'appétits, il n'y a plus que des gloutonne-
ries ! Celui-ci veut être préfet, sous-secrétaire d'État, ministre; il le veut avec frénésie,
et à peine préfet, sous-secrétaire d'État, ministre, on s'aperçoit qu'il n'était pas plus fait
pour l'administration que pour autre chose :
névrose gouvernementale ! Celui-là délire a
l'idée d'être député, et à peine à la Chambre,
il se borne, avec une jouissance extatique, à
tapoter avec son couteau à papier sur son
pupitre : névrose politique !

Oui, il souffle bien, le vent de folie ! Il affole, fouette, bouleverse tout ! Nous tour-

noyons dans l'ineptie, dans la honte et dans
la boue !


***

Vous ne connaissez pas le prêtre agent
d'affaires ?

Le voici !

Oui, le prêtre remisier ! Le prêtre courtier
marron ! Le prêtre saute-ruisseau, d'un de
ces ruisseaux qui coulent au Pactole ! Le
prêtre ayant en guise d'images pieuses la
cote des valeurs dans son bréviaire ! Le
prêtre tonsuré selon le diamètre exact d'un
écu de cent sous ! Balzac lui-même ne l'avait
pas rêvé, mais la police correctionnelle nous
le révèle ! Rodin n'était qu'un laïc. L'abbé Y...,
lui, a reçu tous les ordres, sans compter les
ordres de bourse.

Il était très reçu, très choyé, cet apôtre du
Dieu pauvre en même temps que du Dieu
Million ! Il était vicaire dans l'une des pa-
roisses les plus élégantes de Paris. Le matin
au pied des autels, l'après-midi sous une
colonnade grecque, qu'il prenait peut-être
pour la colonnade de la Madeleine, il commençait sa journée auprès de la corbeille où
s'offre le pain bénit, et la finissait auprès de
la corbeille des agents de change.

Eh bien! dans le « monde bien », on trouvait tout cela très bien ! On ne s'inquiétait en
aucune manière d'entendre ce flibustier spirituel murmurer des additions dans ses
prières, et de le voir mêler la consommation
des saintes espèces à la consommation des
espèces sonnantes ! On ne se troublait même
pas de le voir pousser les négociations ma-
trimoniales jusqu'à des commandes de trousseaux chez les couturières ! Personne ne ren-
voyait cette soutane à ses hosties !

Le « monde bien » a fini par s'en trouver mal. Les parents des jeunes gens fian-
cés par l'abbé Y... ont dû constater dès

vides dans leurs caisses, les couturières n'ont jamais su, au juste, où s'en étaient allés leurs trousseaux, et quant à l'abbé Y... lui-même, il a dû, — quelque temps, — cesser de monter les degrés de l'autel et les marches de la Bourse

Un jeune homme du meilleur monde rencontre, dans le meilleur monde, une jeune personne de la meilleure famille. Il lui fait la plus régulière des cours, adresse aux parents la plus régulière des demandes, et finit, après les démarches les plus honnêtes, par épouser, en présence des témoins les plus hauts placés, la plus respectée des femmes. La mère de la jeune fille est la meilleure des mères, le père le meilleur des pères, les amis de la maison les meilleurs des amis. Une jeune sœur et une vieille dame, une parente un peu mystérieuse mais que ces

demoiselles appellent « leur seconde mère »,
un ange et une sainte, enfin, complètent cette
famille modèle !

Aussi, en y entrant, dans cette famille
vénérée, le jeune homme s'est-il senti tout
de suite pénétré de ce qu'il lui devra de bonheur. Un serrement de main, un regard, et,
quand il n'y tenait plus, un baiser à fleur de
joue ! C'était tout ce qu'il se permettait ! Tout
ce qu'il avait osé jamais !

Enfin, on passe devant le maire, devant le
notaire, devant le curé !

On s'épouse !...

Et le mari découvre que sa belle-mère et
sa belle-sœur ont été condamnées pour vol !
Que sa femme le trompe avec son beau-père !
Que celle-ci appartient, comme extra, au
personnel d'une maison de passe, et que
« la seconde mère », la « sainte », n'est
qu'une procureuse du faubourg Saint-Denis !

Des généraux et des ambassadeurs étaient
les témoins de la noce !

\*
\*\*

Concevez-vous cette jeune fille, quittant un bal, où elle a glacé ses danseurs par son ingénuité, pour aller dans une chambre ignoble, dégourdir des vieillards devant des glaces ? Voyez-vous cette belle-mère, qui a un jour de réception et un casier judiciaire ? Et tous ces gens justifiaient d'une bourgeoisie authentique ! C'était une famille cotée, apparentée ! Ce n'était pas des gens d'en bas qui essayaient de se mettre au niveau des gens d'en haut ; c'étaient des gens d'en haut qui, sans quitter leur rang, en sourdine, vivaient de vol et de prostitution ! Ce n'étaient pas des filles qui se donnaient pour des jeunes filles ! C'étaient des jeunes filles qui faisaient les filles ! Ce n'était pas une voleuse qui s'improvisait dame du monde ! C'était une dame du monde qui s'établissait voleuse !

Le bas ne monte pas, le haut descend.
L'adultère, il y a vingt ans, était la grande
attraction de l'audience et des théâtres. Dans
un procès, aujourd'hui, pour qu'il intéresse,
il faut une maison de passe ou quelque idylle
monstrueuse ! Le monstrueux gagne, le
monstrueux s'étend !

Il y a des petites filles publiques !

A l'Isle-sur-Sorgues, on en vit tout un lu-
panar ! Leurs mères leur apprenaient la prostitution, sachant qu'il y avait là, dans le pays,
un métier possible, un affreux débouché pour
des enfants ! Otez l'âge de toutes ces petites
malheureuses, et que reste-t-il d'elles ?

Hélas ! des prostituées qui n'ont pas douze
ans !

On en cite une qui vola soixante-quinze
francs dans le porte-monnaie d'un « vieux
monsieur ».

— C'était pour me payer, répondit-elle au juge, qui l'interrogea.

Oui, il y a des petites filles publiques !

Les soirs d'été, sur les boulevards, aux abords illuminés et grouillants des cafés, on les voit, conduites par des mégères, venir agacer les consommateurs, avec leur petite voix de vice, leurs grands yeux innocents, et leur mine d'anges fatigués !

Et cette prostitution, la police la tolère ! Elle l'encourage, elle la recrute peut-être ! Elle ricane, et pirouette sur ses talons, lorsque les jeunes et vieux gâteux, installés sur les terrasses, passent leurs doigts blafards dans les cheveux blonds ou noirs de ces chérubins perdus !

Un jour, un inventeur, plus grand que les plus grands, viendra, et voici l'invention dont il éblouira l'Europe : Il inventera un instrument au moyen duquel une maison sera tout à coup diaphane comme une carte.

17.

Ce jour-là, la pièce à femmes et le ballet saty-
riaque tomberont au rang d'innocents gui-
gnols. Les directeurs de théâtres établiront
dans leurs salles des appareils à montrer Paris,
qui deviendra, la nuit, la Ville transparente !
Ce sera le trou de la serrure agrandi aux
proportions de la scène ! Ce sera le trou de la
serrure subventionné par l'Etat ! Dans la
vieille Rome, du temps de Juvénal, les avocats se promenaient sur le Forum, nus et
parfumés sous des tuniques de linon, et
cherchaient, dans ce costume, à attirer les
clients par leurs sourires. Amateurs contemporains, au souvenir de ces grandioses putré-
factions, êtes-vous encore assez petits garçons ? Mais attendez ! Nous pourrissons ! Et le
vingtième siècle sera peut-être moins avancé
que vous ne le prévoyez, on aura peut-être
vidé dans les plombs infects moins de lavabos
que vous ne le supposez, quand le jeune barreau de Paris fera le trottoir dans la salle des
Pas-Perdus !

# LA GUERRE

*A Charles Canivet.*

Oh ! quelles impressions intenses, vastes en souvenirs et en intuitions tumultueuses, vous donne, dans les maigres champs de la banlieue, le bruit lointain de ce Paris qu'on ne voit plus, mais dont on entend toujours le tourment à l'horizon. Assis sur un tertre d'herbe déjà foulée, près d'un buisson aux épines duquel frissonne là-bas un bout de falbalas, ayant devant moi des roues de carrière sur un ciel pâle, ou la maigre oasis d'un bouchon en plein vent, d'où monte par

moment la chanson des tonnelles, j'écoute,
du bord du chemin, la rumeur de l'énorme
ville. C'est un murmure profond, troublant,
imperceptible; on y distingue des cris qui se
perdent, des voix qui se noient, des chars qui
roulent, et comme des armées en marche.
C'est un murmure monstrueux de bataille...
Et le soir, à la nuit, à mesure qu'il s'élève,
une pourpre d'incendie semble s'en exhaler.
Le tumulte s'allume, et le murmure flamboie
comme une aurore boréale !

... Un bruit du même genre, parfois, nous
arrive des lointains de l'Europe. Nous enten-
dons l'horizon tressaillir, mais ce n'est plus
le bruit d'une ville, c'est un bruit d'empires
qui se heurtent; ce n'est plus le tourment
d'une cité, c'est le tourment de races qui se
haïssent... C'est la Russie qui veut prendre
l'Inde, et qui se lève ! Et nous pensons à ces
peuples qui vont peut-être se broyer !

De qui viendra l'ébranlement suprême qui
émiettera, aux quatre vents, la pourriture de
l'Europe?

Viendra-t-il de toi, peuple russe, peuple

aux cheveux plats, humble, barbare et doux?
Viendra-t-il de toi, qui pries pour le Tzar et
pour la Patrie dans tes chaumières de bou-
leau?

Un jour, définitivement, la Russie voudra
prendre l'Inde à l'Angleterre.

Les Russes, c'est connu, sont des Asiatiques. Des Asiatiques qui ont de la neige
sur leur manteau, du champagne et des
truffes dans le sang, mais des Asiatiques!
Des musulmans émancipés qui ont retroussé
les voiles de leurs femmes et qui se sont
montés des caves, mais des musulmans! Des
nomades engraissés, dont les tribus chamar-
rées ne peuvent plus venir tremper leurs
moustaches dans notre vin, parce que leurs
bottes sont plus lourdes que les sandales de
leurs pères, mais des nomades! Des Tartares
qu'il faut gratter, mais des Tartares!

Ce n'est pas de la ressemblance qui existe
entre le Russe et l'Indou, c'est de l'identité.
On pourrait juxtaposer leurs histoires, on ne
trouverait pas une discordance. Un collec-
tionneur de papillons historiques piquerait
ici, dans ses cartons, la plus étonnante collection d'analogies qu'on ait jamais vue! Les
papillons russes auraient exactement les mêmes ailes, la même dentelle, les mêmes dia-
prures que les papillons indous. Un peu plus
de soleil sur ceux-ci, un peu de neige sur
ceux-là, ce serait toute la différence. Quand
vous êtes en Russie, vous n'êtes donc pas en
Europe, et voilà pourquoi, tôt ou tard, l'Inde,
autour de laquelle les diplomates se remet-
tent périodiquement à s'agiter, reviendra, par
le cours naturel des choses, à la Russie. Elle
lui reviendra par les influences mêmes de
l'air, par les aspirations et les répulsions
mêmes du sol, comme le nid où s'est glissé le
serpent finit par revenir à l'oiseau, comme la
salle italienne où chantaient Tamberlick et
Tamburini finira par revenir à la musique.

\*\*\*

Les recruteurs, là-bas, se présentent-ils toujours avec des entraves pour attacher les pieds des recrues, et un rasoir pour leur raser le devant de la tête? Le départ, comme autrefois, est-il toujours sans retour, et le Russe, au lieu de partir, comme le soldat français, la chanson aux lèvres, son numéro piqué sur son chapeau, sa blouse gonflée par un vent de joie, part-il encore avec sa chevelure qui pleure, des larmes sur sa face blonde, après avoir fait ses adieux près de la pierre où, dans chaque village, on se disait adieu sous Nicolas?

Le nihilisme, en réalité, n'est-il pas, pour la grande multitude russe, ce qu'est, dans une prison, le travail d'un prisonnier qui scie, au jour le jour, avec un ressort de montre, le barreau d'un soupirail? Le paysan dans sa chaumière, le moujik dans sa mai-

son, vivent d'une existence de chrétiens
résignés, pieux, simples et tristes. A la
lueur de la petite veilleuse qui brûle chez
lui nuit et jour, devant l'image de la Vierge,
le moujik, pourtant, forme des souhaits.
Sous la neige qui ensevelit sa vie, au chant
de sa théière qui bout, il rêve de pays pleins
de soleil et de roses ; il voit, par delà l'hiver
givrant sa vitre, des régions chimériques où
d'éternels jardins fleurissent et embaument,
sous un éternel azur. Il sent toujours en lui
l'ancien nomade du Nord, à qui pesaient les
glaces, et qui descendait vers le Midi. Mais
ses yeux, bientôt, retournent à cette Vierge
aux pieds de laquelle il lui semble qu'il a
mis brûler son âme, il pense aux saints dont
il porte les médailles, il retombe sur la terre
sans fleurs de son baptême... Mais il revoit
aussi, sur la muraille, le grand portrait du
Tzar qui lui commande d'obéir !

Oh ! ce portrait du Tzar ! Dans toutes les
maisons, dans toutes les chaumières ! Il est
là, impérieux, terrible, image sacrée disant à
tous : Voilà celui qui est le père ! Celui qu'on

ne saurait jamais accuser de rien, et vis-à-vis
duquel une pensée mauvaise laisserait un
remords de blasphème ! Celui qui peut par-
donner et qui peut condamner, qui peut permettre et qui peut défendre, qui peut faire et
qui peut défaire, qui peut donner et qui peut
prendre, sans qu'on ait jamais rien à dire !
C'est lui qui, le jour de Pâques, rendra son
baiser au plus humble qui sera venu lui baiser la main ! C'est lui aux pieds de qui òn
tombe à genoux dans les révoltes, et qui,
lorsqu'il se lèvera pour la guerre, ne se lèvera
que pour une guerre sainte ! C'est lui qui
pourra dire : prenez le Monde !

O Seigneur ! s'écriait Nicolas, vous ne
laisserez pas confondre vos enfants !

Des courriers, là-bas, bientôt, traverseront
les steppes ; on se dira dans les villages

que le Tzar va marcher vers le pays des
roses. Et Pétersbourg tressaillira aussi. Ses
rues sans cris, sans rixes, sans tumulte, ses
rues où l'on ne fumait pas, ses rues où l'on
ne parlait pas, ses rues toujours respectueu-
ses, parce que le Tzar peut y passer, ses rues
parleront, vivront, comme le préau d'un cloî-
tre où un événement éclate. On demandera des
nouvelles, on colportera des journaux! La
majesté des voix tonnera dans les églises, et
la prière des orgues s'élèvera des cabarets!

Des roulements de guerre secouent la
terre russe. Pour le malheur et l'angoisse du
monde, c'est la débâcle de la paix! Les dernières notes diplomatiques, les derniers es-
poirs, les dernières paroles s'en vont, empor-
tées par le courant! Les routes se couvrent
d'armées comme la Néva se couvre de feuil-
lées, les derniers glaçons disparus! Et le Tzar
apparaît, parmi les géants de sa garde, avec
son cheval noir, sa tunique blanche, sa cas-
quette de guerre, et son regard étoilé qui
invoque le Seigneur!

*\*
\* \*

Voilà plus de cinquante ans que le maigre coq anglais, avec ses lancettes aux ergots et aux ailes, et l'aigle russe, avec ses deux têtes, se regardent en se hérissant.

On pourrait déjà trouver bien des trous sanglants à leurs plumages... Le jour où ils fondront l'un sur l'autre, jamais démonstration plus grandiose n'aura été donnée de la « lutte pour la vie ». Jamais deux rivaux d'existence n'auront choqué deux masses plus colossalement meurtrières. Et s'il faut, alors, que, dans le monde entier, la guerre s'allume, nous, que deviendrons-nous ? Où mourrons-nous ? Où combattrons-nous ? Pour qui ce grand incendie sera-t-il une aurore ? Pour qui sera-t-il l'embrasement du soir

qu'éteint la nuit? Et que seront alors les
monstres qui combattaient sous les déluges,
auprès de ces peuples qui combattront sous
le soleil, et dont on rerouvera un jour les
grands navires, comme on a retrouvé les
vertèbres des mastodontes?

# PANTHÉONS

*A M. A. Claveau.*

Hugo dort.

Le canon a tonné, les flammes ont monté des trépieds funéraires, les soleils se sont levés depuis l'apothéose, et nous relisons le poète en nous rappelant le mort.

Nous rouvrons les livres d'autrefois ou d'hier. Nous retournons aux *Feuilles d'Automne,* à la *Légende des Siècles,* aux *Travailleurs de la Mer,* à la fraîche éclosion des *Odes et Ballades,* qui furent comme un reverdissement d'Avril sur le vieux tronc noir de la France, à la poésie intense, et vaste, et murmurante, des *Voix intérieures* et des *Contemplations,* et, parmi les pensées qui viennent encore, comme des bruits vagues, nous distraire, il en est une qui me hante.

*
* *

Je retrouve bien Shakespeare dans Hugo, je ne retrouve pas Westminster dans le tombeau qu'on lui a donné. L'histoire du Panthéon est une histoire ridicule. Louis XV tombe malade et fait le vœu, s'il guérit, d'élever une église à sainte Geneviève. L'intention était claire, et l'architecte Soufflot se met à l'œuvre. Mais l'architecte Soufflot s'inquiétait bien de Sainte-Geneviève ! Il ne pensait, lui, qu'à imiter les Grecs et les Romains, et, au lieu de fixer, dans une nef archaïque et svelte, le fantôme légendaire

de la petite bergère barbare sur sa colline,
il écrase du même coup la colline et la légende, sous un énorme thème latin en pierres
de taille ! Cependant, Louis XV meurt,
Louis XVI arrive, Quatre-Vingt-Neuf éclate,
Mirabeau expire, et comme on ne savait que
faire d'une imitation latine qui célébrait une
sainte gothique, on la voue, à quoi ?... au
culte des Grands Hommes !

— Votre drame est admirablement fait,
disait un jour un directeur de théâtre à un
jeune homme. Seulement, votre personnage
principal est un Frédéric de Prusse, et ce rôle,
en ce moment, serait dangereux sur une
scène française. Votre pièce est donc reçue,
mais à cette condition que, sans modifier
en rien d'ailleurs le dialogue, vous changerez
votre Frédéric en une Catherine de Russie.

Le jeune auteur n'y vit aucun inconvé-
nient. Frédéric devint Catherine, et le drame
fut représenté avec un immense succès populaire.

\*\*\*

Ceux qui opposaient à l'entrée de Victor
Hugo au Panthéon la nécessité de protéger
sa gloire contre les vicissitudes de la politique, ne faisaient eux-mêmes que de la
politique. Leur raison, néanmoins, en elle-
même, était juste. Oui ! la Politique, la Politique qui nous ronge, qui nous affole et qui
nous vide, la Politique a marqué de son
signe la porte funéraire qui s'est refermée
sur Hugo, et l'histoire du Panthéon, ici,
n'est plus risible, elle est macabre ! Les
cendres apportées, puis remportées, puis
remises, puis reprises, puis glorifiées, puis
profanées, et tour à tour ainsi, selon l'heure
et le vent, élevées vers le ciel entre les mains

du Peuple, comme l'hostie sacrée entre les mains du prêtre, ou vidées dans les boîtes par les bedeaux, comme les ordures le sont par les valets ! L'hydrophobie parlementaire mordant jusqu'aux sarcophages ! Marat refroidi délogeant Mirabeau pourri ! Les Panthéons se renversant comme des ministères ! Les cadavres poursuivis dans leurs tombes par les coups de sonnettes des séances ! Et toujours, incessamment, les chapelains purifiant l'église des blasphèmes des philosophes ! Les philosophes nettoyant l'édifice des oraisons des chapelains ! Toutes les sottises, toutes les bêtises de la Vie, venant fienter sur la blanche majesté de marbre de la Mort ! La voilà, l'histoire politique du Panthéon !

Il y aura longtemps qu'il n'y aura plus de France, quand il y aura encore une langue française, et quand Hugo sera toujours ! Mais j'ai peur, je ne sais pourquoi, que ses restes de chair ne soient pas, là où ils sont, à l'abri du viol. Il survivra à son pays ; nous survivrons peut-être à ses os !

Ceux qui comparent le Panthéon à West-

18

minster se rendent-ils bien compte de ce
qu'ils disent? L'abbaye vénérable que baigne
la Tamise a, dans ses pierres, douze cents
ans d'histoire, de tradition et de sérénité
Symbole et Mausolée de l'Angleterre, elle a
autant d'âge que l'Angleterre elle-même. Il
semble, à ceux qui la regardent, qu'elle ait
toujours entendu couler le fleuve et toujours
vu reverdir l'île! elle en dit le climat par la
noirceur de ses murs, les légendes par la
poésie de ses ogives, la gloire par la noblesse
de ses sépulcres! La noire abbaye domine
la race anglaise comme le rocher domine
l'Océan; elle en est le témoin immobile, qui
voit les flux et les reflux, et qui n'est jamais
que mouillé par les tempêtes. Elle est si
vieille sur le vieux sol anglais, si antérieure
aux annales certaines, qu'elle est l'aïeule des
aïeux! Et voyez! Ce ne sont ni les rois, ni
les reines qui décrètent le repos d'un mort à
Westminster; ce ne sont pas non plus les
Parlements. C'est un doyen, c'est un vieillard, en qui semble passer l'âme du monu-
ment, et dont la divination, dès lors supé-

rieure aux agitations des multitudes, sait
discerner les vraies gloires. Vous qui compa-
rez l'édifice de Londres à l'édifice de Paris,
savez-vous bien ce que vous faites? Vous
mettez en parallèle un orme postiche, planté
entre trois pavés, pour une fête publique,
avec le prodigieux chêne qui étend autour de
lui des rameaux de dix siècles, et qui enfonce
dans la terre des racines de douze cents ans!
Vous mettrez à côté du pic, dont personne
n'a jamais foulé la neige, une barricade qu'on
prend et qu'on reprend! Vous établissez un
rapport entre la bâtisse en plâtras qu'on loue
pour l'été dans la banlieue, et les profonds
accroissements géologiques! Et c'est dans
cette bâtisse éphémère, sur cette barricade,
sous cet orme flétri, que vous avez déposé,
pour son grand sommeil, l'homme dont le
génie était fait de toutes les branches vivaces,
de toutes les cimes inviolées, de toutes les
alluvions de l'Idéal!

De quelle rage, de quel démon d'imitation
sommes-nous donc possédés? Nous avons,
autrefois, imité les Romains en construisant

18.

le Panthéon, et voilà qu'aujourd'hui, avec le
même Panthéon, nous voulons encore imiter
les Anglais ! Qui imite-t-on, ici ? Dans quelle
incohérence sombrons-nous ? Chaque peuple,
dans l'Histoire, a honoré ses morts, selon ses
tendances, ses idées, ses instincts propres.
L'Egypte a eu les Pyramides, Rome la voie
Appienne, Londres Westminster. Nous ne
sommes ni l'Egypte, ni Rome, ni l'Angleterre ! Tâchons d'être la France.

Pourquoi, sous les statues de ces grands
hommes, ne mettons-nous pas leurs osse-
ments ? Pourquoi n'avons-nous pas, sur nos
places publiques, toujours visibles parmi
nous, toujours mêlés à nous, avec leur éternel
sourire ou leur éternelle rêverie, nos gloires
sur leurs tombeaux ? Au lieu de les réunir dans
une nécropole, au lieu de les coucher dans un
temple, pourquoi ne pas disperser dans Paris
nos grands morts ? Allons ! semons la ville de
tombes qui parleront ! Toute place aura son
image, tout carrefour son poète, son soldat,
son savant ! Nous finirons par les connaître,
nous les respecterons tout en nous y habi-

tuant. Nous saurons qu'ils sont bien là, et
quand les jours tragiques reviendront, ce
sera pour nous, dans l'agonie sociale où nous
nous agitons, un amer et puissant appel à la
lutte, que de voir, sous les obus, en même
temps que notre sang coulera, tomber leurs
membres de pierre !

**FIN**

# TABLE DES MATIÈRES

|  | Pages |
|---|---|
| PRÉFACE.............................. | V |
| La Névrose Musicale..................... | 1 |
| Toujours Jeunes!....................... | 13 |
| Et Nous !............................. | 23 |
| Monsieur le Sénateur.................... | 31 |
| Charlot s'ennuie....................... | 35 |
| Chair à Factures....................... | 43 |
| On demande un Horloger!................. | 51 |
| Un grand Heureux....................... | 55 |
| Les Sœurs............................. | 63 |
| Gomorrhe.............................. | 69 |
| Souvenirs de Paris..................... | 77 |
| Les Champs et les Mers................. | 105 |
| Le Parnasse volant..................... | 125 |

| | Pages |
|---|---|
| La Cuisinière bourgeoise | 133 |
| Domestiques | 141 |
| Gens de Lettres | 151 |
| Le Repas du Forçat | 165 |
| La « Maison » | 173 |
| Les Femmes | 179 |
| Sur les Faces des Piédestaux | 187 |
| Le Tapeur | 195 |
| Académiciens | 201 |
| Hommes Politiques | 213 |
| Gens de Loi | 229 |
| La Dernière Église | 237 |
| La fin de la Police | 255 |
| L'Absinthe | 265 |
| La Mort de l'Art | 271 |
| En Décomposition | 289 |
| La Guerre | 299 |
| Panthéons | 309 |

Paris. — Imp. Balitout et Cᵉ, 7, rue Baillif.

www.ingramcontent.com/pod-product-compliance
Lightning Source LLC
Chambersburg PA
CBHW070208030726
47505CB00006B/1610